破局予定の悪女のはずが、冷徹公爵様が別れてくれません！２

琴子

ビーズログ文庫

イラスト／宛

Contents

1 命懸けの鬼ごっこ —— 6

2 グレース・センツベリーの失踪（一回目） —— 29

3 グレース・センツベリーの失踪（二回目） —— 62

4 必要な距離 —— 105

5 ほどかれた未来 —— 150

【幕間】 —— 191

6 見えない星を探して —— 195

7 隠しきれない恋心 —— 228

あとがき —— 250

グレース・センツベリー

小説『運命の騎士と聖なる乙女』に登場する
強欲悪女に転生した侯爵令嬢。
死亡フラグ回避のため
ゼイン様を弄んで別れるはずが?

ゼイン・ウィンズレット

“冷徹公爵”と呼ばれる
シーウェル王国の筆頭公爵家の主。
悪女と噂されるグレースに
次第に惹かれていく。

2

Characters

破局予定の悪女のはずが、冷徹公爵様が別れてくれません!

シャーロット・クライヴ
美しく、心優しい子爵令嬢。小説の正ヒロイン。
ランハート・ガードナー
ガードナー侯爵家の次期当主。女性関係の噂が絶えない色男。グレースを気に入っている。
マリアベル・ウィンズレット
ゼインの愛する妹。グレースのことが大好き。
エヴァン・ヘイル
グレースの護衛騎士。その場の空気を読まない最強のメンタルの持ち主。

1 命懸けの鬼ごっこ

大失敗に終わった舞踏会から、五日が経った。

――私はこの半年間、小説の悪女グレース・センツベリーとして、恋人のゼイン様をこっぴどく振り、シャーロットとの出会いの場を作るため、頑張ってきたのに。

「め、目の前で振るどころか告白をされるなんて、失敗どころか取り返しのつかない大失敗だわ……あああ」

何もかもが水の泡になってしまい、泣きたくなる。

ベッドの上でじたばたと転がる私を見て、護衛騎士のエヴァンは「活きがいいですね」なんて言っている。

「お嬢様、また公爵様から手紙が来ていましたよ」

「……今はとても読めそうにないから、置いておいて」

「読めないのなら、俺が音読してあげましょうか？」

「お願いだからやめて」

舞踏会以来、引きこもっている私にゼイン様は何度も連絡をくれている。数日前に届いた手紙には、まっすぐな愛の言葉や早く会いたいという想いが綴られていた。

　ゼイン様のことを考えるだけで顔が熱くなり、叫び出したくなる。もちろん、手紙の返事も出せていない。

『それでも俺は、君が好きだ』

『俺は君と、絶対に別れるつもりはない』

　まっすぐな言葉や真剣な表情、熱を帯びた瞳から、私を心から好いてくれているのだと思い知らされる。

　そしてゼイン様の告白に、どうしようもなくときめいてしまった。

「嬉しい」と思ってしまったのだ。

　とは言え、ゼイン様にあんな風に愛を囁かれ、胸が高鳴らない女性なんて存在するはずがない。不可抗力だ。

「……それにしてもあの反応、何だったのかしら」

　ゼイン様が私を好きだと言った瞬間、シャーロットは驚いたような、ショックを受けたような表情を浮かべ、口元を手で覆っていたことを思い出す。

　シャーロットは元々憧れていたゼイン様がグレースのような最低最悪の悪女に「別れたくない」と抵抗する場面に遭遇し、ショックを受けた可能性だってある。

　それでもやけに動揺した様子に違和感を覚え、ずっと引っかかっていた。きっと私の思い過ごしだろうけど。

「はあ……これからどうしよう」

ベッドの上で枕を抱きしめ唸り続ける私の側にしゃがみ、エヴァンは「大丈夫ですよ」と言ってくれる。

整いすぎた顔がやけに近いものの、エヴァンに対しては不思議と一ミリたりともドキドキしない。

「そもそも、そこまでの作戦は完全に成功していたわけですよね。公爵様を惚れさせるっていう」

「それはそうだけど……」

「ええ。少しタイミングがズレてしまっただけですし、きっと大丈夫ですよ。元気を出してください」

てきぱきと部屋を片付けていたヤナも、箒片手にそう言ってくれる。ハニワちゃんもずっと私の側におり、時折小さな手でよしよしと撫でてくれていた。かわいい。

「みんな、ありがとう。……そうよね、まだ戦争が起きるまで時間はあるはずだもの」

戦争が起きるのは舞踏会から一年以上が経ち、ゼイン様とシャーロットの仲が深まってからのはず。

とは言え、マリアベルの命を救ったことで、舞踏会も本来より半年早く開催されたのだ。

この先の出来事も、全て物語通りのタイミングで起こるとは限らない。

　ゼイン様とシャーロットの出会いという物語の根幹を揺るがせてしまったのだから、尚更だろう。

「……よし、しっかりしなきゃ！」

　それでも二人と一体によって励まされた私は身体を起こすと、両手で思い切り自身の頬を叩いた。

　帰り際、ゼイン様に対して「絶対に諦めませんから」と啖呵を切ったくせに、この数日、私はどうしようと寝込むだけで何も行動を起こしていなかったのだ。

　朝から晩までゼイン様のことを考えては胸がいっぱいになり、食事もあまり喉を通らなかった。こんなことをゼイン様が知ったら、きっと満足げに笑うのだろう。

　気合を入れ直し、ベッドから降りるのと同時にノック音が響く。

「お嬢様、お客様がいらっしゃいました」

「えっ？」

　今日は来客の予定はなかったはずだと思いながら、客人の名前を尋ねる。

　そして予想外の答えが返ってきた後、私はヤナに急ぎ身支度をお願いした。

　数日ぶりに貴族令嬢らしい姿になった私は、応接間へと足を踏み入れる。

そこには眩(まぶ)しいオーラを纏(まと)い、ティーカップ片手に優雅(ゆうが)に微笑(ほほえ)んでいるランハートの姿があった。

「ごめんなさい、お待たせして」

「ううん、こちらこそ突然(とつぜん)ごめんね。それに俺、美人を待つのは好きだから気にしないで」

「そ、それはどうも」

相変わらずだと思いながら、ランハートの向かいのソファに腰(こし)を下ろす。彼と会うのは舞踏会の夜以来だ。

「それで、どうかしたの?」

「あの日がウィンズレット公爵様に別れを告げる、勝負の日だと言ってたよね? その結果を聞きに来たんだけど——……」

ランハートはそこまで言うと私の顔をじっと見つめ、ふっと口元を緩(ゆる)める。

「その様子だと、失敗したみたいだね」

「……失敗どころか大失敗したわ」

「まあ、そうなると思ったよ。あの日も嫉妬(しっと)を隠(かく)す気すらないみたいだったし、別れるなんて無理だろうって」

残念だったね、なんて言いながらもランハートはやけに楽しそうで、明らかに他人事(ひとごと)だという顔をしている。

とは言え、以前伝えた「ゼイン様と別れられなければ私の命や世界平和に関わる」なんて突拍子もない話を信じているはずがないし、当然の反応だった。

ランハートにとってはきっと、何もかもが娯楽でしかない。協力してくれただけで感謝しなければ。

「あはは、へこんでる顔もかわいいね。ぐっとくる」

「…………」

「それに協力すると言った以上、失敗したのは俺にも責任があるわけだし。まだ諦めてないんでしょ？」

こくりと頷けば、頬杖をついていたランハートは形の良い唇で美しい弧を描いてみせる。

この笑顔に、多くの女性が魅了されているのだろう。

「また手伝わせてよ。一緒に頑張ろう？」

「でも、まだ前回のお礼もできていないし……」

「俺は目標を達成できていないのに、報酬をよこせなんて言うほど甲斐性のない男じゃないよ」

間違いなく私を心配してではなく、私やゼイン様の反応を楽しんでいるだけだというのが伝わってくる。

それでもランハートは有能で頼りになると、たった一度のデートで思い知らされていた。詰みかけているこの状況で、味方は多いに越したことはないはず。

「ありがとう、ランハート。心強いわ」

「どういたしまして。これからもよろしくね」

――以前は私が何もしなくても、ゼイン様とシャーロットは自然と恋に落ちるかもしれないと思っていた。

けれど今は、その可能性が限りなく低いということも分かっている。ゼイン様は簡単に心変わりをするような人ではないことだって、私はよく知っていた。

私の行動により多くのことが変わってしまった以上、責任を取らなければ。ちくちくとする胸の痛みには気付かないフリをして、きつく両手を握りしめる。

そしてできることは全てしよう、絶対にゼイン様と別れてみせると、改めて固く誓った。

「それで、どうする？　また浮気ごっこでもする？」

「……多分ゼイン様は、その、私のことをすごく、す、好いてくれている、と思うの」

こうして口にすると心臓がぎゅっと締めつけられ、苦しいくらいにドキドキしてしまう。

動揺してつっかえてしまった私を見て、ランハートはおかしそうに笑った。

「妬けるなあ、公爵様が羨ましいよ」

「嘘つき」

「本当なのに」

とにかく今は「別れてほしい」といくらお願いしたところで、ゼイン様は首を縦に振ってはくれないだろう。

ランハートとの浮気のフリは効果があったと言っていたけれど、今は逆効果な気がする。

そんな私は先ほど身支度を整えてもらいつつ、新たな作戦を考えていた。

「だから私、しばらく失踪することにするわ」

「あはは、今度はそうくるんだ。君は本当に面白いね」

本当なら今頃はゼイン様と無事に別れ、食堂オープンに向けて最終準備をする予定だった。けれどこうなってしまっては仕方ない、延期するほかないだろう。

「……今の私はもう、邪魔者でしかないもの」

きっと私が何も言わずにいなくなれば、ゼイン様は傷付き、寂しい思いをするはず。

そしてそんなゼイン様の元にシャーロットが現れ、慰めさえすれば、物語は本来の流れに戻るだろう。

何度見てもシャーロットは綺麗でかわいくて眩しくて、まさに物語のヒロインだった。

私とは違う。

——ゼイン様もいつか絶対にシャーロットに心が向くと、思ってしまうくらいには。

「…………」

そんなことを考えるたび、やはり胸の奥が痛む。

こんな感情なんて必要ないと自分に言い聞かせ、私は顔を上げた。

「だからあなたにも、その手助けをしてほしくて」

「もちろんいいよ。どこに行くつもり？」

「記憶喪失のせいでこの国についても覚えていないし、まだ決めていないの。おすすめはある？」

「なるほどね。それなら俺が秘密の旅行で行く場所を、いくつかピックアップしておくよ」

「ひ、秘密の旅行……」

「うん。表立って会えないような相手とね」

人差し指を口元に当て、ランハートは綺麗に微笑んでみせる。そのとてつもない色気に、眩暈すらした。

そう言えば以前、ランハートは人妻にまで手を出すという噂を聞いたことを思い出す。

全く褒められた行動ではないものの、味方としてはとても心強い。

「何か希望はある？　こういう場所がいいとかさ」

「とにかくウィンズレット公爵領とは離れていて、ゼイン様が絶対に来ないような場所だと助かるんだけど」

「了解、その条件で探しておくよ」

あっさりと頷いてくれたランハートを流石だと思いつつ、再び口を開く。

「それと、期間は……ねえ、人ってどれくらいの時間があれば次の恋ができるようになるのかしら？」

「俺は五分あればできるけど」

「…………」

「まあ、普通は三ヶ月くらいあればいいんじゃない？」

「三ヶ月……」

食堂のことなんかを考えると少し手痛い期間だけれど、これればかりは仕方ない。

「じゃあ、三ヶ月間過ごせる良い場所をお願い」

「了解。いつから行く？」

「準備が必要だし、四日後とかでも大丈夫？」

「もちろん。明日の夜までには全て手配しておくよ」

「ラ、ランハート様……！　ありがとう！」

きっと、少しでも早い方がいいはず。頼りになりすぎるランハートに心底感謝しつつ、私は一体彼にどんなお礼を望まれるのだろうと、空恐ろしくなった。

けれどこれで自分や皆の命が救われるのなら、安いものだ。

「……でも、本当にそれだけで別れられるかな」

「えっ？」

「ううん、俺も遊びに行こうかなって」

「それは遠慮しておくわ」

「冷たいな。そこも良いんだけど」

私一人でも目立ってしまいそうなのに、ランハートも一緒となると、流石に人目を引いてしまいそうで困る。

「じゃあまたね、かわいい浮気相手さん」

「ええ、よろしくね」

その後も色々と打ち合わせをし、外まで送り届けたところで、ランハートは私の手の甲にキスを落とした。

最初のうちはぎょっとしてしまっていたものの、彼にとってはこれが通常運転なのだし、今ではだいぶ冷静に対応できるようになっている。

そうして馬車を見送り屋敷に戻ろうとしたところで、裏庭の方から一人の美少年がやってくるのが見えた。

「あら、アル。来ていたのね」

「まあな」

ストーカー美少年のアルは今や当たり前のように我が家の至る所に現れるため、不法侵入なんてもう気にしなくなっている。屋敷に子猫が遊びに来るような感覚だ。

「……さっきのあいつ、まだ仲良いのか」

「ええ。色々と助けてもらっているの」

「ふうん」

ランハートが去っていった方向を見つめ、アルは目を細める。アルとランハートは対照的な雰囲気なせいか、互いにあまり好いていないような感じだった。

私はエヴァンとヤナと四人でお茶を飲みましょうとアルに声を掛け、二人並んで部屋へと戻っていく。使用人達もアルの存在に慣れており、完全に馴染んでいる。

「あ、そうだわ。実は私、四日後には王都を離れるからしばらく会えなくなりそうなの。三ヶ月後には戻ってくる予定だから、そうしたらまた一緒に遊びましょうね」

「どこに行くわけ？」

「まだ決まってないんだけど、誰にも言わないつもり」

「……はあ」

するとアルは溜め息を吐き「また仕事が増えた」と肩を竦めた。よく分からないけれど悲しそうだし、私としばらく会えないのが寂しいのかもしれない。

「三ヶ月なんてきっとすぐだから、気を落とさないで」

「は？　勘違いするな、バカ」

そうして私は四日後に王都を——ゼイン様の元を離れる決意をしたのだった。

ランハートに会った二日後、私はウィンズレット公爵邸を訪れていた。緊張で冷や汗が止まらない。

今日はいつしか恒例となっていた、第三日曜日にマリアベルと昼食作りをする日だった。悩みに悩んだものの、マリアベルからも「楽しみにしている」と手紙が来たこともあり、これが最後だと決めて沢山のレシピを書いたノートを手にやってきていた。

「グレースお姉様、お待ちしておりました！」

「マリアベル、こんにちは」

すぐに太陽のような笑みを浮かべたマリアベルが出迎えてくれ、ぎゅっと抱きつかれる。彼女ともまだ出会って数ヶ月だけれど、今では本当の妹のように大切に思っていた。

そんなマリアベルがかわいくて愛しくて、離れ難くなって、私も細く小さな身体をきつく抱きしめ返す。

「グレース」

「ゼイン様……」

そしてゼイン様も、出迎えにきてくれていた。もちろん彼に会うのも舞踏会の日の晩に別れ話をして以来で、今すぐに逃げ出したくなる。

数日ぶりのゼイン様はやはりこの世界の誰よりも綺麗で格好良くて、少しだけ泣きたくなった。

「来てくれてありがとう」

「い、いえ！　こちらこそ、ありがとうございます」

ゼイン様はいつもと変わらない様子で、私も必死に平静を装いながら、三人で屋敷へと歩いていく。

「そうしたらお兄様が、こんな風に——……」

「ふふ、そうなのね」

それからは明るくてお喋りなマリアベルのお蔭で、なんとかゼイン様とも気まずさを感じずにいた、のに。

もうすぐいつも三人で過ごしている広間に着くというところで、マリアベルは突然「そうだわ」と何かを思い出したように両手を合わせた。

「実は私、お姉様にプレゼントがあるんです！　とってくるのでお先にお兄様と広間に行っていてください」

「えっ？　マリアベル、待っ――……」

　私の制止も虚しく、パタパタとマリアベルは廊下を駆けていき、その場には私とゼイン様だけが残される。

「…………」

「…………」

　いきなり二人きりになってしまったことで、この場には恐ろしいほどの沈黙が流れた。まだ心の準備ができておらず、私の少し後ろを歩いていたゼイン様に、どう声を掛けて良いのか分からない。

　それでも二日後には失踪する予定なのだし、今日はいつも通りでいようと決め、振り返ろうとした時だった。

「もう来てくれないかと思ったよ」

「……っ」

　不意に後ろから抱きしめられ、柔らかな銀髪によって首元をくすぐられ、ゼイン様の甘い声が耳元で響く。

「会いたかった」

　私はもう、指先ひとつ動かせなくなっていた。馬鹿みたいにうるさい心臓の音が、ゼイ

ン様にまで聞こえていないだろうかと心配になる。

逃げよう、離れようと身体を動かせば、お腹に回されている腕に余計に力が込められた。

「ど、どうして……」

「恋人を抱きしめるのに、理由なんて必要ないだろう」

「わ、私は別れたいんです！」

「俺は別れたくない」

ゼイン様が喋るたび、耳元がくすぐったくて、低い少し掠れた声が身体に響く。

完璧王子様主人公であるゼイン様は、声までそれはそれは良いのだ。何もかも刺激が強すぎて、眩暈がする。

「と、とにかく離してください」

「嫌だ」

これまでは私の意思を尊重してくれていたのに、今は離してほしいと言っても、離してくれる気配はない。

「今までは、もっと優しかったのに……」

「十分優しくしてるつもりだよ。俺だって、君のために色々と我慢しているんだ」

私が別れると言ったせいで、妙なスイッチが入ってしまったのかもしれない。ゼイン様の態度や言葉からは、私に対しての遠慮がなくなっているのが窺える。

「それに君は、優しくするだけではもう捕まえられないだろう？　俺も君の気を引く努力をしないと」

こんなにも気を引く努力という言葉が似合わない人がいるのだろうかと、心底思った。

私は男女関係についてさっぱり詳しくないけれど、そもそも同意の上で始まった交際というのは、同意がないと解消できないものなのだろうか。

「と、とにかく、心臓に悪いので離してください」

「なぜ心臓に悪いんだ？　君は俺が嫌いなのに」

「え」

「君は俺のことが嫌いなんだろう？」

何故か二度も「嫌い」という言葉を強調され、私は舞踏会の夜、そんな言葉を言い放ったことを思い出す。

『私はもう、ゼイン様のことが好きじゃないんです。むしろ、き、嫌いです！　さっさと別れてください！』

いくら懇願しても別れてくれる気配はなく、咄嗟に口に出した私なりの酷い言葉が、それだった。

本来のグレースは思い出すだけで吐き気がするような言葉を吐き捨てるため、比べ物にならないのだけれど。

っているのだと。

そして、気付いてしまう。ゼイン様は私に「嫌い」だと言われたことを、かなり根に持っているのだと。

いつも落ち着いた大人の男性であるゼイン様にも、そんな一面があるなんてかわいい——なんて考えてしまったところで、私は思い切り自身の両頬を叩いた。

こんな状況で追い打ちをかけるように、思わずきゅんとしそうになった愚かな自分に、活を入れる。

何度か深呼吸すると、私は口を開いた。

「き、嫌いだから、心臓に負担がかかっているんです」

「ははっ、それは大変だ」

そう言って笑ったゼイン様だって、本当に私に嫌われているとは思っていないはず。

実際に私がゼイン様を嫌っていた場合、こんなことをする人ではないからだ。逆に言えば、私がゼイン様を心底嫌いになれば、きっとすんなり別れることも可能なのだろう。

けれどそんな方法で別れることなんて、絶対に無理だということも分かっていた。私がゼイン様のことを嫌いになれるはずなんて、ないのだから。

「お二人とも、広間にいらっしゃらな——きゃあ！」

そんな中、廊下のど真ん中で抱きしめられたままの姿をマリアベルに目撃されたことで、私はようやくゼイン様の腕から解放された。

まだまだ心臓の鼓動（こどう）は、落ち着いてくれそうにない。

「おいで、グレース」

「はい……あ」

――つい差し出された手を当たり前のように取ってしまったことも、そんな私を見て嬉しそうに笑ったゼイン様にときめいてしまったことも、全部全部、間違いだ。

その後はマリアベルから、プレゼントを受け取った。屋敷に帰ってから開けてほしい、とのことだった。

「ふふ、何かしら。楽しみだわ」

「喜んでいただけると良いのですが……」

不安げにもじもじしているマリアベルがかわいくて、どんなものでも家宝にすると誓う。

それからはいつものように二人で料理を作り、ゼイン様と三人で食事をして、楽しく過ごした。三人で過ごしている間はいつも通りで、これからもこんな優しい幸せな時間が続くように錯覚（さっかく）してしまったほどに。

あっという間に夕方になり、断ったものの結局、ゼイン様がいつものように送ってくれることになった。

馬車の中で会話はなかったけれど、気まずさはない。

隣に座るゼイン様からの視線に耐えられず、私はずっと流れていく窓の外の景色を眺めていた。

やがてセンツベリー侯爵邸に到着し、安堵して立ち上がろうとした瞬間、腕を摑まれた。

「ゼイン様？」

「……このまま君を逃がしたくないな」

そう言って、ゼイン様は困ったように微笑む。

帰したくないではなく、逃がしたくないという言葉に少しの違和感を抱いてしまう。

「すまない、行こうか」

ゼイン様は小さく笑うとそのまま立ち上がり、すぐにエスコートしてくれた。

馬車を降り、手を握られたまま向かい合う。

これでゼイン様とはお別れだと思うと、やはり寂しくなった。

「では、また」

それでも最後に「また」なんて嘘をついて、そっと摑まれた手を引き抜こうとする。

「グレース」

けれど、これまでよりも強い力で握られたことで、それは叶わなかった。

　名前を呼ばれて顔を上げれば、私をまっすぐに見つめるゼイン様と目が合った。

　溶け出しそうなくらい熱を帯びた蜂蜜色の瞳から、視線が逸らせなくなる。

「俺は君が思っているよりもずっと、君が好きなんだ」

「……っ」

「俺の世界を変えてくれた君が、今ではかわいくて愛おしくて仕方ない」

　不意打ちの告白に息を呑み、言葉を失う私に対して、ゼイン様は「だが」と続けた。

「残念なことに、全く伝わっていないようだから――」

　そう言って私の手の甲に唇を押し当てると、ゼイン様は綺麗に口角を上げる。

「これから時間をかけて、君に俺の気持ちを分からせてやろうと思ってる」

　いつもの穏やかなゼイン様らしくない、挑発的な口調や眼差しに、悔しいくらい胸が高鳴ってしまう。

「ちなみに俺は負けず嫌いで、これまでの人生で一度も負けたことがない。これから先も、そのつもりだ」

　そしてゼイン様は私を見つめ、そう言ってのけた。

　先日絶対に諦めないと宣言した私に対しての答えが、それなのだろう。自信に溢れた態度に気圧され、ゼイン様に不可能なんてないのだと本気で思えてくる。

　さすが主人公、ハイスペックすぎる。負け組人生を送ってきた私からすれば、やはり遠い別世界の人だ。

けれど明後日から私は彼の前からいなくなり、そんな機会だってなくなるのだ。だからこそ大丈夫だと自分に言い聞かせ、なんとか口を開いた。

「わ、分かりました。その、すごいですね」

「ああ。覚悟しておいてくれ」

そんな訳の分からない返事をした後はゼイン様の乗った馬車を見送り、逃げるように自室に駆け込んだ。

「も、もうやだ……本当にずるい」

ベッドに倒れこみ、苦しい胸の辺りをぎゅっと押さえる。時間なんてかけなくても、十分ゼイン様の気持ちを思い知らされているというのに。

一刻も早くゼイン様の元から離れなければ、私の身が持たないと本気で思った。

とは言え、逃亡作戦は完璧だし、彼と会うのは本当に今日が最後だった。

マリアベルにはこっそり「もう会いに来られない」と告げるつもりだったのに、ゼイン様が私の側を一切離れないものだから、結局伝えられなかったのだけが心残りだった。

「……でも、やっぱり寂しいな」

大好きな二人と一緒に過ごす日常がなくなると思うと、胸が締め付けられる。

それでも、どうかゼイン様が幸せになりますようにと祈りながら、私は目を閉じた。

2 グレース・センツベリーの失踪（一回目）

「本当にこれっぽっちの荷物でいいんですか？　俺よりも少ないですけど」

「逆にどうしてエヴァンの荷物はそんなに多いのよ」

「まず俺、枕が変わると眠れないんですよ」

「その繊細さを他で生かせたりしない？」

ウィンズレット公爵邸を訪れた二日後、私はまだ日も昇らないうちに屋敷を出て、馬車に揺られていた。

ランハートが用意してくれた失踪先である、トラスミナという村へ向かっている。

王都からは結構な距離があるものの、馬車だけでなくゲートと呼ばれる転移魔法陣を使うことで、最短三日ほどで着くことができるらしい。

けれど今回は念には念をと、足取りを消すために遠回りをしたり乗り換えをしたりで、五日かける予定だ。

トラスミナは小さな村だけれど、景色が美しく食べ物も美味しく、のんびり過ごすには最高なんだとか。特に海がとても綺麗で、ランハートお気に入りの地らしい。

「お嬢様、寒くはありませんか？　どうぞ」

「ありがとう、ヤナ」

ヤナからブランケットを受け取り、膝にかける。一応遠慮したものの、二人もこの失踪作戦に付いていくと言ってくれた。もちろんハニワちゃんも一緒だ。

二人と一体がいれば見知らぬ土地でも安心して、楽しく過ごすことができるだろう。感謝してもしきれない。

後はゼイン様がシャーロットと出会い、無事に幸せになってくれさえすれば、私の心配ごとも全て消え去り、侯爵令嬢としての悠々自適ライフが待っているはず。

「これからは、何か新しいことをしたいわ」

きっとこの先私はしばらく、ゼイン様のことばかりを考えてしまう。二人が無事に結ばれたとしても、素直に喜べない気もする。

だからこそ余計なことを考えないくらい、夢中になれる何かを見つけたい。

せっかくの海沿いの村だし、食堂で出せるような海鮮料理の開発も良いかもしれない。

「新しいこと……新しい恋とかどうですか？」

「これから私に恋愛なんてできるのかしら？　そもそも一度もしたことがないけれど」

「一度も、ねえ。まあ、お嬢様がそう思うならそうなんでしょう。お嬢様の中ではね」

「…………」

私の苛立ちが伝わったのか、肩から飛び降りたハニワちゃんは小さな身体に不釣り合いなたくましい腕を作り出し、憎たらしい顔をしていたエヴァンを殴った。

「いった……お嬢様、こいつをクビにしてくださいよ」

「自分が優先されるはずというその自信はどこから？」

現在も私は魔法の練習を続けており、その成果かハニワちゃんも進化し続けている。

今ではハニワちゃんの戦闘能力もかなり上がっており、とても心強い。

「ハニワちゃんは本当に良い子ね、よしよし」

これから先も魔法を学び、色々なことに生かしていけたらと思っている。

「水魔法とか火魔法も使えたら、料理にも役立てられそうなのに。複数属性持ちはとても珍しいのよね？」

「はい。魔法使いの中でも数万人に一人だとか」

魔法使い自体、人口の三割程度と聞いている。その割合ならば、本当に貴重な存在なのだろう。

贅沢は言わず、土魔法の練習に専念しなければ。

「前聖女様は聖属性魔法の他にも、複数の属性を使いこなしたと聞いています」

その発言に、私の口からは「えっ？」と間の抜けた声が漏れた。

シャーロットが聖女になることしか小説には書かれていなかったため、その前にも聖女がいたなんて、さっぱり知らなかったのだ。

「前の聖女様はどんな方だったの？」

「ああ、それも忘れてしまったんですね。てっきり聞いているものだと思っていましたが」

「えっ？」

まるで私が知っていて当然というようなエヴァンの言葉に戸惑っていると、ヤナが口を開いた。

「前聖女様はロザリー・ウィンズレット様――ゼイン・ウィンズレット様の母君であり、前公爵夫人です」

ゼイン様とマリアベルのお母様が聖女だったという事実に、私は驚きを隠せずにいた。小説には書かれていなかったし、亡くなったご両親について二人に尋ねることもなかったからだ。

「本当に素晴らしい方でしたよ。侯爵家の出で公爵夫人という立場でありながらも、慈善活動や聖女様としての仕事を精力的に続け、民からも愛されていましたから」

「……そうだったのね」

ゼイン様とマリアベルを見ていれば、ご両親がどれほど素晴らしい方だったのか分かる。若くして亡くなられたのが、本当に残念だった。残された二人の悲しみも計り知れない。

今ゼイン様の側にマリアベルがいてくれてよかったと、心から思った。

「ねえ、聖女様って何をするというか、何ができる人なの？」

「聖女にしか使えない『聖魔法』というものが存在していて、それが使えれば聖女です」

「聖魔法……」

「はい。もっと分かりやすく言うと、瘴気の浄化ができるのが聖女ですね」

詳しく聞くと、聖魔法は瘴気を浄化したり怪我を治したりできるものなんだとか。

貴重だと言われている光魔法も怪我を治すことはできるけれど、瘴気の浄化というのは聖魔法を使える人間――聖女にしかできないという。

それも過去、聖女が数百年もの間現れないこともあったみたいで、同時に複数の聖女が現れたこともなく、とにかく貴重な存在らしい。

確かにシャーロットは小説の中でグレースの怪我を治したり、瘴気の浄化をしたりしていた記憶がある。あれこそが聖魔法なのだろう。

「その力の持ち主はどうやって選ばれるの？　生まれつき？」

「明らかになっていないそうですよ。過去に平民出身の聖女様はいないので、血筋が関係しているという噂はあります。俺も学生時代、少し習っただけなので詳しくはありませんが」

「血筋……」

そこでふと、違和感を覚えてしまう。シャーロットは子爵令嬢だけれど、確か元々は平民だったからだ。

小説ではさらっと「子爵の後妻の連れ子」としか書かれていなかったものの、間違いないはず。やはり噂は噂で、実際には関係ないのかもしれない。

「……まあ、私が気にしても何も変わらないんだけど」

シャーロットとゼイン様が出会い恋に落ちれば、自然と全て上手くいくに決まっている。

そんなことを考えながら、私は流れていく窓の外の景色へと目を向けた。

トラスミナ村に着いてから、一週間が経った。

ランハートが用意してくれた豪華なコテージで、私はエヴァンとヤナ、ハニワちゃんと過ごしている。

コテージの目の前には砂浜と真っ青に澄み切った海が広がっており、眺めているだけで心が洗われるような美しさだった。

秋口ということもあり海で泳ぐ人も滅多にいないため、毎日が貸切状態な上に空気も美味しくて、静かで平和で文句なしの失踪先だ。

王都を中心としてウィンズレット公爵領とは真逆に位置する場所らしく、ゼイン様対策もばっちりだった。流石ランハートだと、感謝する日々を送っている。

「心が凪ぐって、こういうことを言うのかしら」

今日も浜辺近くの日陰で読書をしていた私は、ぐっと両手を伸ばし、椅子の背もたれに思い切り体重を預けた。潮風が心地よくて、そっと目を閉じる。

半年間続けてきたグレース・センツベリーとしての演技から完全に解き放たれ、解放感でいっぱいだった。

屋敷の中でも二人以外の前では必死に悪女のフリをしていたし、二十四時間素でいられるのは初めてなのだ。

「でもお嬢様は、朝から晩まで魔法について勉強をされたり料理を作ったりで、全く休んでいないじゃないですか」

ここに来てからの生活はまず朝日とともに目覚め、朝食を作って食べ、午前中は魔法の勉強や練習をして、今度は昼食を作って食べる。

午後からは街の小さな図書館で借りてきた本を読み、この世界や聖女について学び、夜はまた夕食を作って食べ、子どもの寝るような時間に眠るというのが基本になっていた。

「私、何もしないっていうのが苦手みたい」

「俺はあと五十年くらい、この休暇生活ができますよ」

「休暇気分のところ悪いけど、エヴァンは仕事中よ」

トラスミナでもエヴァンにはお父様が高い給金を払っており、週末以外はしっかり護衛騎士としての仕事をしてもらうことになっている、けれど。

無職のプロになれそうなエヴァンは、今日もハニワちゃんとカニを戦わせて遊んでいた。変なことをさせるのはやめてほしい。

「でも、ずっと住みたいくらい本当に良い場所だわ」

近くの町の人々もみんな気の良い人ばかりだし、海産物が驚くほど美味しい。

食事は私とヤナで節約料理や海鮮料理を作ったり、近くの魔草を摘んではお菓子を作ったりと、食堂のメニューのために試行錯誤していた。

子ども達には無料で食事を振る舞う分、美味しい食事で一般のお客さん達を呼び込んで、黒字にしなければ。

――グレースの私財や土地を売って得たお金があれば、無料で食事を振る舞うくらい、いくらでもできる。

それでも、私が憧れた食堂はそうじゃない。しっかりお店としても成り立たせたいという気持ちがあるため、手は抜けなかった。

「それにしても、今日は怖いくらいに静かかね」

「確かに。昨日までは魚や動物がたくさんいたのに、今日はこのカニ一匹しかいませんし」

どうしてだろうと首を傾げていると、突然ハニワちゃんが「ぴ！」と鳴いた。

私もエヴァンも初めて耳にするハニワちゃんの鳴き声に驚き、目を瞬く。

「ハ、ハニワちゃん……？　どうかしたの？」

「ぱぷ！　ぱぴ！　ぽ！」

「こいつ、声出せたんですね」

「仕組みはよく分からないけど、すごくかわいいわ」

二人でしゃがんで、ぴょこぴょこと跳ねては半濁音を発するハニワちゃんをじっと観察する。何もかもが信じられないくらいにかわいくて、胸がときめく。

けれど何かを訴えているようだとも思っていると、ざぶんと大きな水の音がした。

大きな波でも起きたのかと何気なく振り返れば、海の中から毒々しい色をした巨大なクラゲがずるずると這いずり出てきていて、私の口からは悲鳴が漏れる。

「きゃあああああ！　な、何よこれ！」

「毒クラゲの魔物ですね。刺されると見た目がぐちゃぐちゃになり、地獄の苦しみを味わった末に死にます」

「最低最悪じゃない！」

間違いなく、嫌な死因TOP5に入るだろう。恐ろしすぎて、変な汗が止まらない。

水中の魔力は感知しにくいらしく、エヴァンも気付かなかったという。そんな中、ハニワちゃんだけはクラゲの存在を感知していたのかもしれない。

「そもそも、ここは魔物がいないんじゃなかった⁉」

「ですね。確かにおかしいです」

とは言え、エヴァンがいれば安心だとハニワちゃんを抱き抱えて彼へと視線を向けると、エヴァンは腰元に手をやり「あ」という間の抜けた声を出した。

何故かそこには、あるべきはずの剣がない。

「ど、どうして丸腰なの⁉」

「先ほど砂山崩しをしていた時に剣を使ったんですが、砂山に刺したままあそこに」

「もう騎士やめなさい！　クビよ！」

木の棒代わりに剣を使って遊んでいたせいで、遠く離れた場所に突き刺さっていた。いい加減にしてほしい。

私達がこんなやりとりをしている間にも、魔物は見た目に反してすごいスピードで近づいてきており、急に夜になったかのように頭上には暗い影が差す。

「ち、ちょっと！　早く何とかしないと！」

「まあこれくらい、素手でも余裕――」

「――えっ？」

そうエヴァンが言いかけて片手をかざすのと同時に、私の背後からは無数の巨大な氷の塊が飛んできて、魔物の巨体に突き刺さっていく。

少しの後、クラゲはどさ、べちゃりという音を立て、海の中に沈んでいった。

「…………」

何が起きたのかと呆然とする中で、あの氷魔法には見覚えがあることに気が付いてしまう。

あんな速度や規模、正確さを兼ね備えた上で発動できる人間なんて多くはないはず。

──まさか、そんなこと絶対にあるはずがない。そう思いながらも心臓は嫌な音を立て、早鐘を打っていく。

「……ど、して」

やがて恐る恐る振り返った私は、息を呑んだ。

「こんなところで会うなんて、奇遇だな」

そこには騎士姿のゼイン様がおり、彼は言葉を失い立ち尽くす私に対し、誰よりも美しい笑みを向けた。

何故、こんなド田舎にゼイン様がいるのだろう。

どうか夢や幻覚であってほしいと思いながらゼイン様の姿を見つめていると、大勢の騎士が集まってきた。

「公爵様、ここにいらっしゃったのですね」

「ああ。無事に残党の処理も終わったのか」

「はい、全て討伐いたしました」

そんな会話をしながら、ゼイン様は騎士達に色々と指示をしていく。やがて騎士達は揃って頭を下げるとこの場から立ち去り、ゼイン様は私に向き直った。

「俺は仕事でこの辺りに来ていたんだが、君は？」

恐ろしい偶然に、私は不運にも程があると内心頭を抱えていた。まさかこんなことになるなんて、想像すらしていなかったのだ。

「わ、私は……その、避暑に……」

「もう秋なのに？」

ごもっともだと思いながら助けを求めてエヴァンへと視線を向けると、彼はいそいそと砂山に突き刺さった剣を抜きに行っていた。どう考えても今じゃない。

「こうして旅行に来るのなら、事前に連絡のひとつくらい欲しかったな」

「すみません……うっかりしていて……」

もちろん目の前の悲しげな様子のゼイン様には何も言わずに出てきてしまったため、非常に気まずい。彼からすれば、私は二週間ほど音信不通だったことになる。

これまではお互いきちんと連絡をとっていたし、不審に思うのも悲しむのも当然だろう。心が痛むのを感じながらも、仕方ないことだと自身に言い聞かせる。

「それで、君はいつ王都へ戻るんだ？」

「そ、そのうち戻ります」

「実は俺もそろそろ休暇を取ろうと思っていたんだ。君が帰るまで、ここでゆっくりしていこうと思う」

「えっ……」

本当に待ってほしい。私は三ヶ月間この場所にいる予定だったし、ゼイン様から逃げるためにこんな遠くまで来たというのに、一緒に過ごすなんてことになったら元も子もない。

どうしようと口籠っていると、ゼイン様は眩しい笑顔のまま、距離を詰めてくる。

「何か困ることでも？　俺に何も言わず、長期旅行を計画していたわけではないだろう？」

「あ、当たり前じゃないですか」

笑顔で誤魔化しながらも、冷や汗が止まらない。何か良くないことを悟られている気がしてならなかった。

そして私はこの半年間の付き合いで、学んでいた。ゼイン様は一度決めたことは、必ずやり遂げると。

つまり私が帰るまで、ゼイン様は絶対にこの場所を離れないに違いない。

マリアベルだって王都で帰りを待っているはずだし、ゼイン様は誰よりも多忙なのだ。

こんなところで油を売っている場合ではない。

場所がバレてしまった時点で作戦は失敗なのだし、大人しくさっさと撤収するのが良いだろう。

「実は明日、帰る予定だったんです！　ぜひ一緒に王都へ戻りましょう！」

「それは良かった。それと、グレース」

「はい？」

「今夜、泊まる場所がないんだ。既にこの村で宿泊先を探したんだが、全て埋まっていると言われてしまって」

「………………」

暗に私達の宿泊先に泊めてほしいと言っていることくらい、私にも分かった。

こうなればもう、何だって同じだろう。ゼイン様にはたくさんお世話になっているし、それなら一人で野営してくださいなんて言えるはずがない。

今日明日はいつも通り過ごすしかないと、腹を括る。

「私達の滞在しているコテージでよければ、ぜひ」

「ありがとう、助かるよ」

とは言え、音信不通からの自然消滅作戦が、まさかの初めてのドキドキ旅行になってしまった。こんな馬鹿みたいな失敗があるだろうか。

「あ、公爵様もご一緒されるんですね。お嬢様の料理はここでもとても美味しいんですよ」

「それは楽しみだ」

砂まみれの剣を片手に、エヴァンが戻ってくる。

珍しく空気を読んでくれたのか、それ以上は何も言わず、ほっとした。

「では、行きましょうか。そろそろお昼の時間ですし」

「ああ」

こうして私の失踪劇はゼイン様をコテージに招待した末に一緒に帰るという、とんでもない急展開を迎えた。

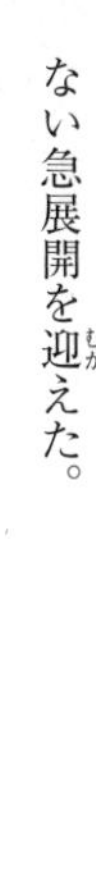

コテージに帰ると近くの町で買い物を終えたヤナも帰宅したところだったようで、ゼイン様の姿を見るなり、普段ポーカーフェイスの彼女も信じられないという顔をした。

こんなところまで必死に逃げてきた私と、その原因となった張本人が一緒に帰宅したのだから、当然の反応だろう。

「本当に偶然なんですか？　信じられません」

「ええ。他の騎士の方々もいたし……」

二人で昼食を作りながらコソコソと説明しても、ヤナは納得していない様子だった。

仮に偶然ではないのなら、ゼイン様は私のことを調べ尽くした上でこんな遠い場所までわざわざ偶然を装い、連れ戻しにきたことになる。

まさかゼイン様がそんなことをするはずがないじゃないと笑いながら、魚を捌いていく。

「……王都に帰ったら、また別の失踪先を探さなきゃ。今度こそ見つからない場所を」

ランハートに全てを報告したら、それはもう楽しげに笑いそうだ。その分、次の相談にも乗ってくれるはず。

やがて昼食は完成し、みんなでテーブルを囲んだ。

「美味しい。本当に君は料理上手だな」

「ありがとうございます。この地域は食材も新鮮で美味しいので、作り甲斐があるんです」

私の隣に座るゼイン様は何度も美味しいと褒めてくれて、こそばゆい気持ちになる。

「お前も食べるか？」

「ぷぴ！　ぷぴ！」

「はは、くすぐったい」

何よりハニワちゃんがゼイン様に懐き、べったりとくっついているせいで、ずっと落ち着かない。

『使い魔は魔力と共に主の意識や記憶を一部共有するため、好む物や嫌いな物も同じだったりする』

まるで私がゼイン様を好いているみたいで、恥ずかしくなってしまう。ゼイン様もそれを分かっているのか、ずっとハニワちゃんを可愛がり、相手をしていた。

「それにしても、どうして急に喋るようになったんでしょう？　かわいいですけど」

「使い魔は主が成長したり、危機に陥るとこれまでにない力を発揮することがあるんだ。きっとそれだろう」

「つまり、俺が剣を放置していたお蔭ですね」

「その件はまだ許してないわよ」

けれどこれまでよりもハニワちゃんと意思の疎通ができるようになった気がして、嬉しくなる。

近づいてきたハニワちゃんをよしよしと撫でると「ぱぴ！　ぷぴ！」と鳴いた。

何を言っているのか今はさっぱり分からないけれど、いずれ理解できるようになりたい。

「さっきは俺達よりも先に、あの魔物に気付いていたみたいですよね」

「確かに。ハニワちゃんって実はすごいのかも」

私が誘拐された時もとんでもない力を発揮して、遠い場所にいたゼイン様を呼んできてくれたのだ。かわいい上に頼りになるなんて、できる子すぎる。

「そういや、公爵様はどんなお仕事でこの村に？」

「この近くの森で多頭蛇が大量発生していて、討伐依頼を受けてきたんだ」

その後も食事をしながら、ゼイン様とエヴァンの会話に耳を傾ける。やはり仕事だったのだと納得していたものの、エヴァンは「うーん」と首を傾げた。

「不思議な話もあるものですね。多頭蛇ごとき、公爵様がこんな田舎にまで討伐にくるほどではないでしょうに」

「……え」

「俺ですら、このレベルなら呼ばれませんよ。たとえ依頼があっても断りますし」

そんなエヴァンの言葉に、私は戸惑いながらゼイン様へと視線を向ける。

まさか本当に私を連れ戻すために、わざわざこんな場所に来たとでもいうのだろうか。

「俺のことを買い被りすぎだよ」

けれどゼイン様はそう言って綺麗に口角を上げると、いつも私にするようにハニワちゃんの頭を撫でた。

「――というわけで明日の朝、みんなで王都に向けて出発します。今回の失踪作戦は失敗に終わりました」

「とんでもない大失敗でしたね」

「結構この村、気に入ってたんですけどね」

「私だってそうよ。でも、もう仕方ないもの」

その日の晩、私はヤナとエヴァンとハニワちゃんを広間に集め、明日からの予定について説明した。

とにかく急いで王都へと戻り、すぐさま再び失踪しなければ。ここから帰るのにも最短で三日かかるため、二週間以上もただの旅行で消費してしまったことになる。

こうしている間にもどんどん小説の本編からズレてしまっていると思うと、焦燥（しょうそう）感が募（つの）っていく。

「まあ、どちらにせよあの場所に魔物が出た時点で、ここでの滞在は難しかったですしね」

「……そうね」

魔物は、瘴気の濃い場所から生まれるという。その場所は限られており、騎士団が定期的に討伐している。

その上、通常は光魔法使いが魔物を閉じ込めるような特殊な結界を張っているらしく、こうして人が住む場所に現れることなど滅多にないそうで、明らかにおかしい。

そしてふと、気付いてしまう。

「まさか、もう瘴気が濃くなり始めているとか……？」

――小説では、このシーウェル王国や近隣諸国では瘴気が広がり、魔物は増え作物は育たなくなり、魔鉱水という資源までも失われていく。

魔鉱水は元の世界でいうと電気のような存在で、この世界に数え切れないほどある様々な魔道具を使うために必要なエネルギーだ。まさに生活に必須な資源だろう。

そしてその奪い合いから、戦争に発展するのだ。

本来はもっと先のはずだけれど、他の出来事同様、予定よりも早く進んでいれば、あり得ない話ではない。

二人には以前、私がゼイン様を振る理由として戦争などについても説明してあり、察してくれたようだった。

「魔物一匹迷い込むくらい珍しいことではないですし、気にする必要はないと思いますよ」

「そうだといいけど……」

「俺の方でもツテを頼って魔物の動きや増え方に変化がないか、調べておきますから」

エヴァンはそう言うと「それに少しくらい増えても、俺が全部殺しますよ」と爽やかな笑みを浮かべる。

なんだかんだエヴァンはとても頼りになるため、昼間の件は水に流すことにした。

「じゃあ明日、朝食を終えたらすぐに出発しましょう」

「はい。支度をしておきますね」

「ありがとう。ハニワちゃん、お手伝いしてくれる？」

「ぷぽ！」

「か、かわいい……ありがとう、よろしくね」

元気にお返事してくれたハニワちゃんは、ひょこひょことヤナのもとへ向かっていく。実は荷物運びなんかも得意で、最近ではよくみんなのお手伝いをしてくれる。

そうして私はひとり先に広間を出て、明日も早いしそろそろ寝ようと、自室に向かって歩いていく。

「グレース？」

「……えっ」

不意に名前を呼ばれて振り返れば、そこにはゼイン様の姿があった。お風呂上がりらしく髪は濡れ、前髪をかき上げたラフな服装の彼から、慌てて視線を逸らす。

「どうかしたのか」

「い、いいい、いえ……何でもありません……」

水が滴り胸元も開いているせいで色気が凄まじく、直視するだけで吐血しそうだった。

いつもきっちりしているゼイン様の初めて見る姿に、ドキドキしてしまう。

ゼイン様が今夜泊まる客室にはシャワールームはないため、本館にて入ってきたばかりなのだろう。

「なぜ俺の方を見ないんだ？」

「……絶対、分かって聞いてますよね」

「照れ屋な君がかわいくて」

ふっと意地の悪い笑みをこぼしたゼイン様は元々、私の推しなのだ。推しのこんなプライベート感の強い姿を生で見て、正気でいられるオタクなんていないはず。

やはり不可抗力だと思いながら、深呼吸をする。

「部屋まで送らせてほしい」

「あ、ありがとうございます」

当たり前のように手を繋がれ、また心臓が跳ねる。

そのまま私の手を引き、ゼイン様は歩き出す。

「本当はあと数日、君と過ごしたかったな」

「そ、そうですね」

「今度はウィンズレット公爵領にも招待させてほしい。とても良い場所だから」

「はい、ぜひ」

そんな実現することのない約束をしながら、いつもよりもずっとゆっくりとしたペースで歩いていく。まるで部屋に着いてしまうのが惜しいみたいだと思ってしまう。

もうすぐ部屋へ着くというところで、私は思わず足を止め、ゼイン様も合わせて歩みを止めてくれた。

私の視線はバルコニーに面した大きな窓の外に釘付けになっており、そこには満天の星が広がっていて、口からは感嘆の声が漏れる。

「ゼイン様、見てください！　すごく綺麗です」

この村はよく星が見えるため綺麗だとランハートから聞いていたけれど、夜は曇っていることが多く、美しい星空を見られたのは初めてだった。

最終日にギリギリ見られてよかったと、嬉しくなる。

「……ゼイン様？」

けれどゼイン様からは反応がなく、どうかしたのかと隣を見上げれば、彼はじっと星空に見入っていた。

月明かりに照らされ、星空を眺めるゼイン様の横顔はこの世のものとは思えないくらいに綺麗で、彼から視線が逸らせなくなる。

ゼイン様は本当に綺麗で、眩しくて。悪女のグレースが欲しがった理由だって、分かる気がした。

「――子どもの頃から、星空が好きだったんだ。両親や幼いマリアベルと、よく星を見に行った」

初めて聞くゼイン様の過去の話に、少しの戸惑いを覚えながらも、私は相槌を打ちながら耳を傾ける。

「だが、両親を亡くしてからはマリアベルと公爵家を守るだけで精一杯で、目の前のことしか見えずにいた」

「……はい」

「こうして星空を眺めたのも、数年ぶりだ」

いくら完璧で何でもできるように見えたとしても、その裏にはゼイン様の努力や苦労があるのだ。

そしてそんな彼が弱さにも似た部分を吐露してくれたことで、嬉しさや切なさで胸がいっぱいになっていく。

「本当に綺麗だな」

「はい、とても」

繋がれたままの手をぎゅっと握れば、ゼイン様は黄金の両目を柔らかく細めた。

「ありがとう、グレース」

その言葉を聞くのと同時に、私がしてきたことは間違いではなかったのだと、報われたような気持ちになる。

そして自分がどうしたいのか、どうすべきなのかを再認識していた。

——私は、ゼイン様に幸せになってほしい。

そのために今までも、これからも頑張ることを誓いながら、最近の私が流され続けていたことを反省した。

ゼイン様のような人に好きだと言ってもらえて、大切にしてもらえるのが嬉しくて、心地よかったから。

けれどそれも今回で終わりにしようと決めて、私はゼイン様へと笑顔を向けた。

「こちらこそ、ありがとうございます」

「いや、俺は君にまだ何も返せていない」

「そんなことありません！　先日だって、今日のお昼だって助けていただきましたから」

「当然のことだ」

そう言ってゼイン様は笑うと「冷えてきたから、そろそろ行こうか」と微笑んだ。

「おやすみ、グレース」

「はい。おやすみなさい」

部屋まで送ってもらった後、そっと頭を撫でられ静かにドアが閉まる。私はそのままベッドへと向かうとぼふりと倒れ込み、枕を抱きしめた。

「……星空、綺麗だったな」

目を閉じれば、先程ゼイン様と見た美しい夜空が瞼に浮かぶ。それだけで私はきっと、まだまだ頑張れる。

こうして私の一度目の逃亡劇は、幕を閉じた。


「あはは！　公爵様に見つかった瞬間のグレースの顔、俺も見たかったな。傑作だっただろうに」

「…………」

お腹を抱えて笑っているランハートの目には、涙まで浮かんでいた。笑いすぎだと、睨むように見つめる。

――ゼイン様と共に王都に帰宅した翌日、私は報告とお礼をするため、ガードナー侯爵邸を訪れていた。

力のある侯爵家だけあり、センツベリー侯爵邸同様、屋敷も広くて豪華だ。

急に訪ねてきてしまったけれど、女性の急な来訪にも慣れているのか、あっさりと応接間どころかランハートの私室に通されてしまった。

『まあ、グレース様！　ランハートお兄様に会いにきてくださったのですね。とっても喜ばれますわ』

ちなみに先程、ランハートの妹であるプリシラ様にも廊下で会い、今度お茶をしようと声をかけられた。

相変わらずのほほんとした穏やかな雰囲気で、こんな悪女にも笑顔で接してくれる奇特な彼女とは、ぜひ仲良くしたいと思っている。

ガードナー兄妹は性格が真逆ではあるものの仲は良いようで、ランハートからも「妹と仲良くしてやってね。君に憧れているようだから」と言われていた。

グレースの強気なところがとても素敵だと言っているらしく、少し心配になる。

「あまり怒らないでよ。誰でも笑うって、これは」

「……私だって、流石に予想外だったもの」

ランハートの部屋はグレースの部屋ほどではないけれど、豪華でギラギラとしている。

ゼイン様の落ち着いた部屋とは、まるで違う。

「でも、あんなに素敵な場所を紹介してくれたのに、こんなに早く戻ってくることになってごめんなさい」

「ううん。気に入ってくれたのなら良かったよ」

コテージ代は三ヶ月分先払いしていた上に、移動の際に使ったゲートなんかも高額で、失敗に終わった逃亡作戦にかかった費用を考えるとお腹が痛くなった。

もう失敗はできないと、あらためて気合を入れる。

ランハートはようやく落ち着いたようで、ティーカップに口をつけると、一息吐いた。

「それで、これからどうするの？」

「すぐにまた別の場所に失踪するつもり」

そう答えると、ランハートはアメジストによく似た目をぱちぱちと瞬く。

「まさか君、どうして失敗したのか分かってない？」

「えっ？　運が悪かっただけでしょう？」

「あはは、そうだね。きっとそうだ」

含みのある笑みを浮かべると、ランハートは長い脚を組み替えた。

「今度こそ見つからないように、魔物の出ない山奥にでも行くと良いんじゃないかな」

「確かに山奥なら、誰にも見つからなそうだわ」

「うんうん、また君の報告を聞くのが楽しみだ」

「…………？」

そもそも遊びに行きたいわけではないし、元庶民どころかド貧乏暮らしをしていた私としては最低限の衣食住が揃ってさえいれば、どんな場所でも良いのだ。

貴族が絶対に行かないような、山奥に行くのが良いだろう。エヴァンあたりは文句を言いそうだけれど、三ヶ月だけ我慢して山籠りしてもらおうと決める。

「また俺がどこか探そうか？」

「ううん、自分で何とかするわ」

流石のランハートでも山奥には縁がないだろうし、今回はヤナやエヴァンに相談する方が良さそうだ。

「そっか。また困ったら何でも相談して」

「ええ、ありがとう」

山籠りに向けて早急に作戦を練ろうと決め、帰ろうと思っていると、ランハートは不意に立ち上がり、机の引き出しから何かを取り出した。

「これ、君にあげるよ。願いが叶うお守り」

彼の手の中には綺麗なブレスレットがあり、はいと手渡されてしまう。高価そうだし、お世話になっている側の私が更に何かをもらうなんて、おかしい気がしてならない。

「そんな、受け取れないわ」

「貴族の女の子の間で流行っていて、つけていないと田舎者だって言われるくらいだよ。あのグレース・センツベリーが持っていないなんて、どうかと思うな」

「そ、そんなアイテムがあったなんて……！」

　友達がいないため、そんな情報は一切知らなかった。あまり高価なものではないし、男性のランハートが持っていても使わないそうで、ひとまずいただいておくことにする。

　ブレスレットを右腕につけていると、ランハートは「そうだ」と口を開いた。

「そう言えばこの間、夜会であの子を見たよ」

「あの子って？」

「ほら、前にデートした時に劇場で君がやけに気にしていた子だよ。子爵令嬢の」

「……え」

　そう言われてようやく、シャーロットのことを言っているのだと気付く。

「今までは社交界に全く顔を出していなかったみたいだけど、最近は積極的に参加してるらしいよ。低い身分にもかかわらず、男女ともに人気があるみたいだ」

　小説のストーリーは既に始まっている時期だし、ヒロインであるシャーロットが目立ち始めてもおかしくはない。

　人目を引く美貌だけでなく、気立ても良いシャーロットはグレースとは違い、愛されているようだった。

意外にもランハートは全く興味がない様子だけれど、ゼイン様だって出会えば必ず好感を抱くはず。

「どうしてそんなに彼女が気になるの？　君が意識するほどの子ではないと思うけど」

つい考え込んでしまっていると、軽く首を傾げたランハートに顔を覗き込まれ、はっと我に返る。

「だって私は、シャーロットとゼイン様が結ばれるために頑張っているんだもの」

「へえ？　そうだったんだ。それは初耳だな」

確かにランハートにはゼイン様と別れたい、としか伝えていなかった。彼は「ふうん」と少し何か考えるような様子を見せた後、私へと視線を戻す。

「どう考えてもあの二人、釣り合わない気がするけど。家柄だって無理があるし」

「シャーロットは家柄なんて気にならないくらい、素敵な女性だから。それに、全て愛の力で何とかなるもの」

「なにそれ」

ランハートは小馬鹿にしたような反応をしたけれど、身分差だってこれから起きるであろう数々のトラブルだって、二人は愛の力で乗り越えていくのだ。

「……恋をしたことがない私には分からないけど、ランハートなら分かるんじゃないの？」

「どうだろうね」

自嘲するような笑みを浮かべ、ランハートは続ける。

「俺は恋をしても、誰かを愛したことはないから」

「えっ？」

「全部遊びだよ。相手だってそう」

彼はあっさりとそう言ってのけたけれど、そんな関係を数多の人と続けていて、寂しくなったり虚しくなったりしないのだろうかと余計な心配をしてしまう。

そんな気持ちが顔に出てしまっていたのか、ランハートは眉尻を下げ、困った顔をした。

「俺はこれでいいんだよ、楽しんでるから」

「……そう」

「まあ、いつか本気で誰かを好きになってみたいけどね。必死になれる公爵様が羨ましいよ」

いつも通りの眩しい笑みを浮かべると、ランハートは「俺も君を好きになってみようかな」なんてふざけたことを言い、ぼふりとソファに背を預けた。

グレース・センツベリーの失踪（二回目）

ランハートに会いに行った三日後、私は第二の失踪先である山奥のオンボロ小屋にいた。

「うわ、このベッド地面くらい硬いですよ」

「大袈裟ね。平民はこれくらいが普通なの」

エヴァンは薄いマットが敷かれたベッド——とは言い難い木を興味津々といった様子で眺めているけれど、前世で私が寝ていた環境とさほど変わらない。

元々は貴族だったと言っていたし、エヴァンは今も騎士として名高いため、こんな環境で寝泊まりをしたことがないのかもしれない。

ちなみにヤナは到着するなり、せっせと埃っぽい小屋の中を掃除してくれている。ボロいものの広さはそれなりにあり、プライバシーは守られていて安心した。

「とは言え、思ったよりもボロボロね」

王都からそう遠くはないけれど、絶対に貴族が寄り付かない場所を選んだ結果、想像以上に寂れていた。

こんな場所にまさか貴族令嬢がいるとは誰も思わないはず。むしろ人がいるとは思わないレベルだ。

今度こそ絶対に失敗できないのだし、これくらいの環境で良いだろう。

「二人は大丈夫？　ハニワちゃんはご機嫌だけど」

自然がいっぱいで土まみれなせいか、ハニワちゃんは生き生きしているように見える。ぴょこぴょこ跳ねていて、今日もとてもかわいい。

「私は平気ですよ。実家はこんな感じですし」

「俺も遠征では外で寝泊まりしますし、大丈夫です」

「良かったわ。いつも本当にありがとう」

後はここで前回同様、のんびり過ごすだけだ。

魔法の練習には最適だし、この山には魔物は出ない上に、魔草も色々生えているらしい。

山で魔草や山菜採りなんかをしながら自然に囲まれたスローライフができると思うと、胸が弾む。

「……今度こそ無事に、失踪できますように」

私はここに来るまでの馬車の中で書きこんでいた手帳へと視線を落とし、そう呟く。

忘れないうちにと、思い出せる限り小説に関する情報を綴ってあった。

——グレースは小説の悪役キャラであり、所謂「ざまあ」として、他国が攻め込んできた際に死にかける。

絶対に回避すると誓っていたしあまり思い出さないようにしていたけれど、ざっくりと自慢の美しい顔を切られお腹には剣が突き刺さる、というものだった。

剣が突き刺さっている腹部より、顔の傷を気にしていたのが印象的でぞわっとした記憶がある。シャーロットが助けにくるまで、生き延びられたのが不思議なレベルだ。

「ぜ、絶対に痛いし、あんな死に方したくないわ……」

何がなんでも、聖女の力を開花させたシャーロットに命を救ってもらわなければと、私は両手を握りしめた。

「今日は天気もいいし、山菜を採りに行こうかしら。エヴァン、一緒に来てくれる？」

「分かりました」

「ありがとう。ハニワちゃんはヤナの護衛をお願いね」

「ぷぽ！」

山籠り生活三日目、私はハニワちゃんに負けないくらい生き生きしながら過ごしていた。

「お嬢様って侯爵令嬢なのに、一生山奥で暮らしていけそうなたくましさがありますよね」

「私もそんな気がするわ」

　エヴァンを連れて、今日も山の中を散策していく。

　早速焼くと香りが良くて美味しいキノコを見つけ、浮かれてしまう。これは今日の昼食にしようと決める。

「空気も美味しいし、お金がかからないのが最高ね」

　暮らしているボロ小屋はタダ同然で借りられたし、食事も山菜やエヴァンが獲ってきた謎の肉や魚を調理して食べているため、もはや自給自足生活だ。

　もちろん侯爵令嬢としての不自由ない暮らしも幸せだしありがたいけれど、私はやはりこういう生活の方が性に合っていると実感していた。

　お金がかからないこと、節約できたことに、何よりも喜びや達成感を覚えてしまう。

　私は死ぬまでこうなのだろうと思いながら、また足元で見つけた野草をおひたしにしようと引っこ抜き、背負っている籠に放り込む。

「今夜は肉の気分なので、俺はなんか殺してきますね」

「他に言い方はなかった？」

　エヴァンも意外とこの暮らしを楽しんでいるようで、積極的に食料調達してきてくれる。

　何かあればすぐに叫ぶよう言われ、二手に分かれた私は散策を続けていく。

「ふんふふん〜♪　あ、あんなところにも！」

わさわさと生える香辛料になる野草を見つけ、うきうきしながら向かう。そうして最高の山籠りスローライフだと思いながら、早足で進む。

「きゃあああ⁉」

すると不意に足元の地面が崩れ、私の身体は猛スピードで斜面を滑り落ちていく。昨晩少しだけ降った雨のせいで、地滑り的なものが起きたのかもしれない。

泥まみれになりながら転がり落ちていき、冷や汗が止まらない。まるで三流コメディ漫画のようだと、どこか他人事のように思ってしまう。

やがて少し先に大きな木があるのが見え、このままではぶつかってしまうことに気付く。

「ま、待って、ど、どうしたら――っ⁉」

ひとまず土魔法で適当なクッションを作るべきだろうかと、働かない頭で考えていた時だった。

しっかり腰を掴まれ抱き寄せられ、身体が宙に浮く感覚がする。すんでのところで抱き止められたらしい。

「し、死ぬかと思った……ありがとう、エヴァ――」

心底安堵しながらお礼の言葉を口にした私は、すぐに違和感を覚えた。何故ならエヴァンは先ほど、正反対の方向へと向かっていったはず。

つまり今、泥まみれの私を受け止め、抱きかかえてくれているのは間違いなくエヴァンではない。

同時にふわりと大好きな香りがして、息を呑む。

「……君は本当に、俺の想像を簡単に超えてくるな」

聞き間違えるはずのない声に顔を上げた私は、呆れたように笑うゼイン様と視線が絡んだ後、固まった。

「怪我はないか？」

流石にこんな奇跡みたいな偶然、二度もあるはずがないというのは、私にも分かる。

「………」

そっと地面に下ろされたものの、呆然としながらゼイン様を見つめ返すことしかできずにいた。

「顔にまで泥がついている」

ゼイン様は胸元から取り出した見るからに高級そうなハンカチで、躊躇いもなく私の顔を拭ってくれる。

まるで王都の街中で偶然行き合ったようなゼイン様の自然さに、戸惑いを隠せない。

泥まみれの身体を抱き止めてくれたせいで、ゼイン様の服にまでべったりと泥がついており、ようやく我に返った私は慌てて口を開いた。

「ご、ごめんなさい！　ゼイン様まで、こんな……」

「これくらい、どうってことはない。君の方が大切だ」

「……っ」

そんなことをさらりと言い、ゼイン様は柔らかく目を細める。

私はきつく両手を握り締めると、顔を上げた。

「どうして、こんな山奥にいるんですか？」

「君だって流石に分かっているだろう」

私の心の内を見透かしたように、ゼイン様は綺麗に口角を上げてみせる。

「グレースを迎えに来たんだ」

「な、なんで……」

「君と別れたくないからだよ。先日も言っただろう？　時間をかけて、俺の気持ちを分からせてやると」

先日、確かにそう言われたことを思い出す。

「まずはもう二度と、俺の元から逃げ出す気なんて起こさせないようにするつもりだ」

そしてそんなとんでもないセリフを、爽やかな笑みを浮かべ言ってのけた。

つまりゼイン様は今、私への愛情を示しつつ、いくら逃げても無駄だと分からせるために、この追いかけっこをしているのだ。

——小説を散々読み、勝手に知ったような気になっていたけれど、私はきっとゼイン・

ウィンズレットという人の本質を理解していなかった。

ゼイン様は想像していたよりもずっと厄介で強敵で、私のことが好きなのかもしれない。

先日の言葉がこんな意味だったなんてこと、あの時の私が分かるはずもなかった。

「…………」

そもそもなぜ、私の居場所が分かったのだろう。何よりゼイン様ほどの人が、私のためだけに時間や手間をかけてこんなことをしているなんて、信じられなかった。

「グレース？」

不意に整いすぎた顔が近づき、心臓が跳ねる。いつもの私だったなら、ここで絆されてしまっていただろう。

けれど先日、誓ったのだ。私はゼイン様に幸せになってほしい、そのために改めて頑張るのだと。

だからこそ、ここはしっかり心を鬼にすべきだ。

「私からすれば、迷惑でしかありません。本気で別れたいと思っているんですから」

「このジャケット、いくらすると思う？」

「えっ……あっ……」

「冗談だよ。君が気にすると思って言ってみただけだ」

一瞬で泥まみれになった彼の服のお値段を想像し、軽くパニックになる私を見て、ゼイン様は楽しげに笑う。

　完全にゼイン様の手のひらの上で転がされてしまっているものの、ひとまず助けてもらった身で、泥だらけのまま追い返すわけにはいかないだろう。

「まずは助けてくださって、ありがとうございました。この先に私達が滞在している小屋があるので、エヴァンの替えの服に着替えたら、帰ってください」

「残念、迎えが来るのは三日後なんだ」

「………」

　もちろん長期滞在予定の私達の迎えはまだまだ来ないし、場所が場所なだけに馬車だって滅多に通らない。

　今から急ぎ迎えを呼んだって、数日はかかる。

　徒歩移動となれば、一日二日でどうにかなるような距離でもないため、ゼイン様は本気で私の居所——この山奥に滞在する気でやってきたのだと、思い知らされた。

　このままでは本当に、最低でも三日間は一緒に過ごすことになってしまう。

「……そうだわ」

　これではいつもと変わらないと内心頭を抱えた私は、この山奥ならではの打開策を思いついてしまった。

　逆にこれからの三日間を利用し、ゼイン様に冷めてもらえばいいのだ。そうすれば全てが解決する。

今まで浮気作戦をしたり悪女ぶったりしても効果はなかったものの、まだ試していない方法があった。

そう、百年の恋も冷めてしまうような、貴族令嬢としてあり得ない行動をしまくるのだ。

貴族女性は皆いつだって美しく、優雅でマナーも完璧で余裕に溢れており、それがあるべき当然の姿だった。

公爵家に生まれ何不自由のない生活をし、華やかな世界のみで生きてきたゼイン様はきっと、平民の本気のド貧乏モードを見ればドン引きするはず。

「……よし」

そもそも今だって私は動きやすいシンプルなパンツスタイルの上に髪は三つ編みで、芋くさいことこの上ない。

これから三日間、ゼイン様には平民のド貧乏生活を体験してもらい、価値観の違いを味わわせようと決める。

「では、早速行きましょうか！　さっさと洗濯しないと、汚れが落ちにくくなってしまうので」

「ああ」

そのままゼイン様と共に山道を下って行き、小屋へと向かう。途中でエヴァンを忘れてきてしまったことに気が付いたけれど、今は仕方ない。

「お嬢様、もう戻って来られ――……」

ちょうどハニワちゃんを抱いてオンボロ小屋から出てきたヤナは、泥まみれの私とゼイン様の姿を見るなり、やはり信じられないという顔をした。

なんというデジャヴ。とは言え、今回も当然の反応すぎる。先程の私のように呆然とするヤナに着替えと桶を持ってくるよう頼むと、小屋の裏へと移動した。

いつの間にかハニワちゃんも付いてきており、嬉しそうにゼイン様に「ぺぴぽ!」と話しかけている。

やはりハニワちゃんは、ゼイン様が大好きらしい。

「お嬢様、お待たせいたしました」

「ありがとう。では、こちらに着替えてください」

「ああ、すまない」

訝しげな顔で私とゼイン様を見比べるヤナから着替えセットを受け取り、エヴァンの服をゼイン様に渡す。

するとゼイン様は私の目の前で服を脱ぎ始めるものだから、慌てて両手で顔を覆った。

「こ、ここ、この小屋の中で、着替えてください! こちらから中に入れるので!」

「ははっ、君は本当に初心だな」

美しい完璧な腹筋が見えてしまい心底動揺する私を再び笑うと、ゼイン様は小屋の中へ入っていく。

彼の姿が見えなくなると、私は脱力したようにずるずるとその場にしゃがみ込んだ。

「はあ、どうしてこんなことに……」

ゼイン様がこんな山奥まで追いかけてくるなんて、想像すらしていなかった。誰だって予想するのは無理だろう。

そもそもゼイン様は暇ではないし、無駄なことだってしない。それでも、こんな馬鹿らしい追いかけっこをするほど、私を好いてくれているのだ。

「……ねえハニワちゃん、私の頬を叩いて」

「ぺぴ」

気合を入れるためにお願いすると、ハニワちゃんは私の肩に飛び乗る。ぎゅっときつく目を閉じれば、頬ではなく頭をよしよしと撫でられた。

ぎこちない優しい小さな手に、胸が締め付けられる。

「ハ、ハニワちゃん……！」

「ぺぴぽ、ぷぴ？」

言葉の意味はさっぱり分からないものの、きっと慰め、応援してくれているのだろう。

容赦なくエヴァンを殴る時とは大違いだ。

嬉しくて愛しくて小さな身体を抱き締めると、私は立ち上がる。

「よし」

まだうるさい心臓の音には気付かないふりをして深呼吸をすると、着替えを手に小屋の中へ足を踏み入れた。


それからはお互いに着替えを終え、再び裏口から出て、水をはった桶の前に並び立つ。

ゼイン様はエヴァンのシンプルな服を完璧に着こなしており、ボロ小屋やボロい桶が恐ろしく似合わず、この空間で彼だけが浮いていた。

私は痛む良心に耐えながら、全てゼイン様のためだと自身に言い聞かせ、作戦を開始することにした。

「大変申し訳ないのですが、私も自分の分の洗い物がありまして……すぐに洗わず落ちなくなったら困るので、ゼイン様もご自身の分をお願いしてもいいですか？」

「……君はいつも自分で洗濯をしているのか？」

「はい、ここではそうです」

山奥にはメイドはヤナしか連れてきていないし、私の我儘で付き合わせているため、自分でできることはなるべく自分でしている。それに元々、掃除洗濯は苦ではなかった。

私は液体の入った瓶を、ゼイン様に手渡す。

「この液体を使ってください」

「これは？」

「殺菌効果のある木の実を一晩つけておいた水を煮出して作った、洗濯用の液体です。汚れがよくとれます」

「木の実……」

「はい。無料で作れるなんて、最高ですよね！」

心からの笑顔を向ければ、驚いた様子を見せたゼイン様に、内心ガッツポーズをする。

彼が一生することのない雑用をさせつつ、貧乏知識を披露し価値観の違いを見せつけるという、完璧な作戦だ。

ランハートのような男性なら「ごめん、無理かな」と笑い飛ばすに違いない。そもそも彼は——貴族の男性はこんな場所に来ることさえないだろうけど。

「この板は？」

「これを使うと汚れが落ちやすくなるんです」

ゼイン様ほどの人なら、メイドが洗濯をする場面だってまともに見たことがないはず。その上、汚された服を自分で洗わされるなんて二度とない最悪な体験だろう。

「よいしょ」

さあ嫌いになって！　と祈りながら、ゼイン様そっちのけでざぶざぶと洗濯をしていく。

こうして手慣れた様子で洗う姿を見れば、この場限りの嘘ではないと伝わるはず。

ゼイン様もそんな私を見て、やはり驚いた様子を見せていた。全力で洗濯をする侯爵令嬢の姿を見るなんて、きっと彼の人生の中でも最初で最後に違いない。

そう、思っていたのに。

「……えっ」

「何か間違えていたか？」

「い、いえ……とてもお上手だと思います」

「そうか、良かった」

そんな中、ゼイン様は何の抵抗もなく腕まくりをし、私の真似をして洗濯を始めた。

「…………」

「…………」

お互いに無言のまま、黙々と洗濯をする。

こうして筆頭公爵と侯爵令嬢が二人して山奥で洗濯をしている図なんて、誰が見ても驚くに違いない。

「洗濯というのは、こんなにも手間がかかるのか。使用人達にはもっと感謝しないといけないな」

「えっ、あっ……そうですね……」

「君がこうして誘ってくれなければ、知らないままだったよ。ありがとう」

「い、いえ……」

ゼイン様の心が綺麗すぎるあまり、嫌がらせどころか何故か感謝されてしまっている。

由々しき事態だ。

「君は本当にすごいな」

「そ、そんなことはないです……」

「グレースといると、自分がどれほど狭い世界で生きてきたのかを思い知らされる」

その上、心から誉めてくれているのが伝わってくる。私はそんな大層な人間ではないというのに。

それからも時折コツを聞きながら、ゼイン様はぎこちない手つきであちこちについた泥汚れを落としていく。

「ぺぷ、ぱぷ！」

「お前も手伝ってくれるのか？」

ハニワちゃんもゼイン様のお手伝いをしようとして桶の水に手を入れたものの、身体が土でできているせいで綺麗になった箇所をまた汚してしまっていた。

「だが、危ないからそこで見ていてくれ。ありがとう」

「ぽぺ……ぽ……」

けれど、ゼイン様は怒るどころか水分で手が柔らかくなってしまったハニワちゃんの心配をし、風魔法で乾かしてあげている。

「ぺぴぽ、ぷぴ！　ぷぴ！」

「あの、ハニワちゃんがすみません」

「気にしないでくれ。気持ちは嬉しかった」

「…………」

私の好感度を下げる作戦だというのに、ゼイン様の好感度がひたすら上がるイベントになってしまっている。

やっぱりゼイン様は優しくて格好良くて、完璧な主人公なのだと思い知らされた。

無事にそれぞれの服を洗い終えた頃、ゼイン様は「他に洗濯すべき物はないのか？」と更なるやる気を見せてくれており、私はもはや泣きたくなっていた。

それでも心を鬼にして溜まっていたものも追加でお願いし、二人でひたすら洗濯をした。

ゼイン様は最後まで文句ひとつ言わず、丁寧に手洗いしてくれていた。

「アーチ状に干すと風通りが良くなります。なるべく空気に触れる面を広くしてください」

「分かった」

そうして次に物干し竿に干す作業をしていると、大きな熊を背負ったエヴァンが戻ってきた。今日の夕食は熊らしい。鍋もいいかもしれない。

最初はエヴァンが恐ろしい動物を狩って来るたびに驚いていたけれど、流石に慣れてきた。ヤナも肝が据わっていて平気な顔をして捌いてくれるため、私はもう二人とならどこでも生きていける気がしている。

「お嬢様、小屋に戻るなら声をかけてくださいよ。お蔭で山の中を五周ほど走り回って――あ、ウィンズレット公爵様もいらしてたんですね」

「ああ、すまない。色々あって君の服を借りたんだ」

「俺なんかのものでよければ、いくらでも」

何故かゼイン様の存在に全く疑問を抱いていないエヴァンは「熊、好きですか？」なんて呑気に尋ねている。

私は離れた場所にエヴァンを呼び、小声で囁いた。

「く、熊は持ってこなくて良いから！　まずは先に帰ってしまってごめんなさい。緊急事態というか……実はゼイン様は私を追いかけてこんな場所まで来たらしいの」

「でしょうね」

「えっ？」

当然のようにそう言ってのけるエヴァンに、思わず目を瞬く。

驚く私に、エヴァンは続けた。

「前回の多頭蛇（たとうへび）の討伐（とうばつ）の時もおかしいなと思っていたので、お嬢様を連れ戻す口実だったんだろうなと」

「ど、どうして言ってくれなかったの？」

「確証もなかったですし、こうしてお嬢様が逃げ続けていればいずれ分かることですから」

海、山と来たので次は逆に大都市はどうですか？　なんて言って楽しげに笑うと、エヴァンは熊を引きずってヤナの元へ向かっていく。

溜め息を吐（つ）いてゼイン様の元へ戻ると、私達が話をしていた間も手を止めずにいたらしく、ちょうど最後のシャツを干し終えたところだった。

「全て終わったよ。それで、次は何をしたらいい？」

「うっ……」

笑顔で尋ねられた私は、すぐさま二の矢三の矢として次の作戦を実行することにした。

それから数時間後、私は心身共に疲（つか）れ切（き）っていた。

ゼイン様にド貧乏体験として雑用を押し付けるため、私自身も一緒に動きっぱなしだったからだ。

一方、ゼイン様の体力は無尽蔵らしく、余裕たっぷりの様子で掃除から薪割りまでこなしていた。

「……どうして」

――転生してから半年以上が経ち、貴族社会については身をもって学んでいた。公爵という地位がどれほど尊ばれるものなのかも、理解しているつもりだ。

品格を保ち、誇りに満ち溢れているゼイン様はプライドだって誰よりも高いはず。

だからこそ、彼の今の行動がどれほどあり得ないことなのかも、分かっている。そしてそれが全て私のためなのだと思うと、心が動かないはずなんてなかった。

そして今は小さな厨房にて、夕食作りをしている。ゼイン様はもちろん厨房に立つのも初めてで、物珍しげに色々見ては触れていた。

「本当に、これらの草が全て食べられるのか？」

私が山でとってきた野草達を手に、ゼイン様は少し困惑した様子を見せている。間違いなく彼が一生、食べることのないはずだった食材だろう。

「はい。これは皮を剥いたりアクを抜いたりと手間がかかるんですが、食感も風味も独特で美味しいんですよ。こっちは煮るととろみが出て、スープにおすすめです」

ひとつひとつ説明していくと、ゼイン様は野草ではなく私をじっと見つめていることに気が付いた。

その眼差し（まなざ）しは優しいもので、戸惑いを覚えてしまう。

「……君は本当に、そのままだったんだな」

「えっ？」

「あの時は――ノヴァーク山でのグレースの行動の全てが理解できなかったが、今なら分かる気がするよ」

ゼイン様は小さく微笑（ほほえ）むと先程私が指示した通り、野草の皮を剝き始めた。

手先が器用で刃物（はもの）の扱（あつか）いにも慣れているからか、初めてとは思えないくらいに上手だ。

「なぜ野草に興味を持ったのか聞いても？」

「ええと、そういう知識があると世界が変わって見えて、楽しいなと思って」

「どういう意味だ？」

「お金があれば何でも買えますが、知識さえあれば身の回りの何気ないものが、こうして食事になったりさっきの洗剤（せんざい）になったり、価値のある何かに変わるんです。それってとてもお得だし楽しいし、素敵（すてき）じゃないですか？」

正直な「私」自身の気持ちを話していく。裕福（ゆうふく）で生粋（きっすい）の貴族として生きてきたゼイン様には、絶対に理解できない感覚だろう。

「あとは単純に、高いものを頼むと落ち着かない気持ちになってしまって……」

時折、相槌を打ちながら聞いていたゼイン様はやがて納得したような様子を見せた。

「……ああ、だから君は外で食事をする時、メニューを見て戸惑った顔をしては安価な物ばかり注文していたのか」

なるべく顔に出さないよう気を付けていたつもりだったけれど、やはりバレていたらしい。私に強欲悪女のフリなんて無理だったんだと、改めて思い知る。

「こういう場所での自給自足の暮らしも性に合っていて好きです。将来は田舎で静かにのんびり暮らしたいと思っていますし、華やかな場所も得意ではありません」

「………………」

「ドレスだって三着あれば十分だし、紅茶ももったいなくて出涸らしまで使いたいです」

それからも私は自分の考えを、一方的にぺらぺらと喋り続けた。自分で言っていて悲しくなったものの、これが「私」なのだから仕方ない。

生まれた場所や環境どころか世界だって違うのが、私達だった。けれどヒロインのシャーロットなら、いずれゼイン様と何もかもを分かち合えるのだ。

「……そうか」

ゼイン様はそれからしばらく、何も言わなかった。それでも、野草の下処理をする手を止めることはない。

流石にドン引きしただろうと、作戦成功に心の中でガッツポーズをする。無理に合わせようとしたって、育ちや価値観の違いはふとした瞬間に出てしまうものだ。

それでも、胸の奥でちくりと痛みを感じた時だった。

「話してくれてありがとう。君の本音や考えを知ることができて良かった」

「……引いて、いないんですか？」

「まさか。俺にはない君の考え方は面白いし、自分自身を省みるきっかけにもなる」

驚いてゼイン様の横顔を見上げても、嘘をついているようにはとても見えない。こんな嘘をつくような人ではないということだって、本当は分かっていた。

「で、でも、こんなにも価値観や考えが違ったら、上手くいくわけが……」

「全く同じ価値観の人間なんていないんだ。相手のことを知り、認め、尊重できるかどうかじゃないかな。それに俺は君となら乗り越えて行けると思っているよ」

そんな言葉に、胸が締め付けられる。

——どうしてゼイン様は、こんなにまっすぐで綺麗なんだろう。どうしてこんなにも、私が好きなのだろう。

きっとこの先の人生で、こんな風に言ってくれる人は二度と現れないだろうと思った。

「ただ、次からは俺も誘ってほしい」

「えっ？」

「先程みたいにまた危険な目に遭っては困る。俺が傍にさえいれば、君を守れるから」

こんな風に「君を守る」と言われて、ときめかない女子がいるだろうか。

じわじわと顔に熱が集まってくるのを感じていると、今度は「そんな顔、絶対に他の男には見せないでくれ。嫉妬しそうだ」なんて言うものだから、逃げ出したくなった。

「それで？　次はどうすればいい？」

「えっ、あ、後は私が調理します！　色々ありがとうございました。ゼイン様はあちらで休んでいてください」

もうこんな作戦なんて無意味だと思い知らされていた私は、エヴァン達のいる広間を指差す。けれどゼイン様は何故か、近くにあった椅子に腰を下ろした。

「ここで君を見ていても？」

「……勝手にしてください」

「ああ、ずっと勝手にするよ」

楽しげに笑うゼイン様には、一生敵わない気がした。


その後は仕事を押し付けたりはしなかったものの、ゼイン様は手伝いを買って出て、しっかり働いてくれた。

私はなるべくゼイン様と二人きりにならないようにしつつ、素っ気ない態度をとるだけで精一杯だった。

「公爵様って、全ての言動から本当にお嬢様が好きだっていうのがひしひしと伝わってきますよね」

「ええ、驚くほど健気で」

「………………」

ヤナとエヴァンも感心した様子を見せており、ゼイン様のことを褒めている。私だってそんなことは誰よりも分かっているし、だからこそ胸が痛んで仕方なかった。

「ぺぴぽ！　ぱぺぺ、ぷぺぴぴ！」

「はは、何を一生懸命話しているんだろうな」

ハニワちゃんもゼイン様とずっと一緒にいられるのが嬉しいようで、べったりくっついていた。

そうしてあっという間に三日が過ぎ、ようやく公爵家からの迎えが来てほっと息を吐いたところで、ゼイン様は当然のように私の手を取った。

「さて、帰ろうか」

「えっ？　いえ、私はまだ——」

「俺が数日後にまた来ても良いのなら、話は別だが」

「帰ります」

ゼイン様の本気を分からせられていた私は、即頷く。私がここにいる限りゼイン様は何度でも来るだろうし、またもや失敗してしまった以上、ここにいる理由もない。

ここに来る前からエヴァンとヤナがいることも分かっていたようで、二人のための馬車まで用意されており、私はゼイン様と同じ馬車に乗ることになってしまった。

「…………」

「…………」

王都に向かう馬車に揺られ、向かいで頬杖をつき、満足げな笑みを浮かべるゼイン様をじとっと見つめる。

「……どうして、こんなに色々と知っていたんですか」

「さあ？　愛の力じゃないか」

「…………」

答える気はないらしく、眩しい笑顔を返される。とにかく公爵家の情報網を舐めてはいけないらしい。

「昼食はどうしようか、何が食べたい？」

「……いりません」

少しでも早くこの場から解放されようとそう返事をすれば、ゼイン様はふっと笑った。

「あまり冷たくしないでくれ、傷付くから」

「そうは見えません」

私が素っ気ない態度をとっても別れを切り出しても、ゼイン様に傷付いたり悲しんだりする様子はない。

過去にランハートとの浮気現場に遭遇しても、私を咎めることさえしなかった。本当に私を好いてくれているならば、一番に怒るべきポイントではないだろうか。

やはりゼイン様は分からないと首を傾げていると、彼が私の手首を見つめていることに気付いた。

「……そのブレスレットはどこで？」

ゼイン様が私の身に着けているアクセサリーについて尋ねてくるなんて初めてで、少しだけ驚いてしまう。

「えっ？　ええと、ランハートからの贈り物です」

気まずさを感じながらも、これは嫌われるチャンスだとすかさず答える。

華奢で可愛らしく汚れては困るため、山ごもり中は着けていなかったけれど、先程ドレスに着替えた際に着けておいた。今の私は藁にも全力で縋るレベルだ。

「それで、君はこれが何か知っているのかな」

「流行りのお守りだと聞いていますが……」

「近くで見ても？」

「は、はい」

そんなにこのデザインが気に入ったのだろうかと思いながら、恐る恐る右腕を差し出す。

「えっ」

ゼイン様が指先で触れた瞬間、ブレスレットはパキパキと音を立てて凍り、粉々になって床に散らばった。

いきなりのことに呆然とする私を見て、ゼイン様はにっこりと微笑んだ。

「これは恋人同士が同じものを身に着けると永遠に一緒にいられる、と女性達の間で流行っているそうだ」

「……へ」

聞いていた話とは全く違い、口からは間の抜けた声が漏れる。ランハートはこうなることが分かっていて、私にプレゼントしたに違いない。

私のための浮気アシストなのか、面白がっているだけなのか分からないけれど、事前に説明して欲しかった。

「………………」

「…………」

ブレスレットと同様に馬車の中の空気は凍りつきそうなくらい、冷え切っている。

私は床に散らばった欠片を見つめながら「これ、いくらするんだろう」なんて現実逃避をするほかなかった。

「ああ、デザインが気に入っているのなら、俺が同じものをすぐに用意するよ」

「い、いえ……けっこうです……」

ゼイン様は「そうか」と言うと、行き場を失ったままの私の手をそっと掴み、自身の方へと引き寄せた。

溶け出しそうな金色の瞳から、目を逸らせなくなる。

「非常に不愉快だから、他の男から贈られたものは二度と身に着けないでくれ」

「は、はい」

ここは破局を目指している身としては全力で拒否すべきだというのに、あまりの圧に思わずこくこくと頷いてしまった。やはりゼイン様の沸点はよく分からない。

「それで、その『お守り』に君は何を願ったんだ？」

「……わ、忘れました……」

この空気の中で、あなたと別れられますようにと願いましたなんて、口が裂けても言えるはずがない。

早く王都の屋敷に到着しますようにと心の中で祈り涙しながら、私は流れていく窓の外の景色へ目を向けた。

ゼイン様と共に王都に強制帰還させられた翌日、私はエヴァンを連れて街中の大衆向けのカフェへやってきていた。

平民も利用するため安価な上に美味しいとヤナから聞いており、私にはありがたい店だ。初めて来たけれどとても賑わっており、今も満席に近かった。

「それで、今日は何でこの場所で会議なんですか？」

「ゼイン様に行き先が全部バレているなんて、絶対におかしいもの。どこからか漏れているに違いないわ」

「なるほど、確かにそうですね」

「だから普段行かない場所にしてみたの」

もちろんヤナやエヴァンを疑ってはいないし、屋敷の人々も疑いたくないけれど、念には念をだ。高級店と違い、がやがやと騒がしいのも好都合だった。

エヴァンは納得した様子を見せた後、何の躊躇いもなくこの店で一番高い紅茶とケーキのセットを頼んだ。

「明日、今度は行き先も決めずに失踪するつもりよ」

「明日ですか？　急ですね」

「ええ。これだけ急ならゼイン様だって準備もできないだろうし、私ですらどこに行くか分からないのなら、追いかけてくるなんて無理でしょう？」

今度こそ逃げ切ると誓った私は運ばれてきた苺のケーキを切り分け、口へと運ぶ。するとその瞬間、小さな男の子が側を駆けていき、私に思い切りぶつかった。

フォークからケーキが落ち、ドレスにクリームがべったりついてしまう。

すぐに鞄からハンカチを取り出そうとしたところ、不意に美しい緑色のハンカチを差し出された。

「大丈夫ですか？　良ければこれ、使ってください」

「あ、ありがとうございます」

つい受け取ってしまい顔を上げれば、驚くほど美形な黒髪黒目の男性と視線が絡んだ。

エヴァンくらいの年齢だろうか、周りの席の女性達もぽーっとした様子で彼のことを見つめている。服装や雰囲気を見る限り、下級貴族かお金持ちの平民という感じがした。

我に返った私は見知らぬ人のハンカチを汚すわけにはいかないと慌てて返そうとしたものの、男性は小さく首を左右に振る。

「不要であれば捨ててください。それでは」

そして爽やかな笑顔でそれだけ言うと、あっという間に立ち去ってしまう。

その場に残された私はハンカチを握りしめたまま、どうしようとエヴァンに縋るような視線を向けた。

「良いんじゃないですか？　ハンカチくらい。男は好みの女性であれば良い顔をしたいものですし」

「そう、なのかしら」

「こういう時は堂々と使ってしまう方がいいですよ、相手のためにも」

時々エヴァンは、驚くほどまともなことを言う。

それに何故か貴族社会のことやマナーなども熟知しているため、エヴァンのアドバイスに従うことにした。

「それにしても、すごく綺麗な顔をしていたわね」

「まあ、そうですね。俺の方が格好いいですが」

「…………」

ゼイン様やランハート、エヴァンだけでなく、あれほどのイケメンがまだ存在するなんて恐ろしい世界だと思いながら、ドレスを拭き終えた私は再びフォークを手にした。

翌日、朝早くに私は一人で屋敷を出ると適当な馬車に飛び乗った。エヴァンと一緒では目立つため、こっそり付いてくるようお願いしてある。

三度目の正直という言葉もあるくらいだし、今度こそは絶対に逃げ切りたい。

「ふわあ……」

そうして乗り換え続けて半日が経った頃、私は無事に知らない場所に辿り着いていた。

私ですらどこか分からないのだから、ゼイン様だってここまでは追ってこられないはず。

半日もひたすら馬車に揺られていたのだ、移動疲れを全身に感じていた私は、少し休もうと適当なカフェに入ることにした。

白を基調にしたお洒落な店内は賑わっていて、唯一空いていた端の席に腰を下ろす。

「えっ……紅茶一杯で１２００ミア……⁉」

うっかり高級店に入ってしまったらしく、仕方なく超高級紅茶を一杯だけ頼み、ぼんやりと窓の外の景色を眺めていた時だった。

「ここ、いいかな？」

「あっ、はい！　どう、ぞ……？」

「ありがとう」

声を掛けられ、振り返る前に反射的にそう答えた私は、すぐにぴしりと固まる。

――この美しい声を、聞き間違えるはずなんてない。

そして向かいに腰を下ろした人物の顔を見た瞬間、また失敗してしまったのだと悟った。

なぜ彼がここにいるのか、私の頭ではもう理解できなかったものの、とにかくこのままでは本当にまずいということだけは分かる。

そう思った私はきつく両手を握りしめ、心を鬼にして口を開いた、けれど。

「私達、もう別れ――」

「グレース」

遮るように、窘めるように名前を呼ばれる。

「俺の気持ちは一生変わらないんだ。君が逃げたとしても地の果てまで追いかけるから、諦めた方がいい」

「……っ」

いつだって余裕たっぷりで、私が生きてきた中で一番美しくて完璧な彼になど、やっぱり敵う気がしない。

黙り込んでしまった私に、ゼイン様は誰よりも綺麗な笑みを向けた。

「絶対に別れてなんかあげないよ」

「あははは、笑いすぎてお腹が痛いや……君だけじゃなく公爵様も大好きになったよ」

三回目の失踪を試みた翌日、私は再びガードナー侯爵邸を訪れ、大笑いするランハートと向かい合っていた。

――昨日、ゼイン様に捕まった私はもう抵抗するのをやめ、一緒に食事をしてホテルでは隣の部屋に宿泊し、今日の昼に大人しく一緒に王都へ戻ってきていた。

『夕食もホテルも結構です。王都にはちゃんと一人で戻りますから、放っておいてください』

『そうか、残念だな。今からキャンセルをすれば食事は無駄になる上に代金は全額とられてしまうけど、君には関係ないし気にしなくていいよ』

『…………』

もう抵抗する気さえ起きなかった、が正しいかもしれない。ゼイン様との命懸けの鬼ごっこは、勝てる気がしなかった。予知能力があるとしか思えない。

そして帰宅後、ベッドに倒れ込んでいたところランハートから連絡が来て、ここ最近のことについて報告をしにきたのだ。

終始お腹を抱えて笑ってくれ、ブレスレットについても期待以上の反応だったらしく、それはもう満足げだった。

「あー笑った、それで？　次はどうするつもりなの？」

「もう失踪作戦はやめるわ、お金だってもったいないし」

逃げてもどうせ捕まるだけなのだから、交通費や宿泊費の無駄だ。食堂のことだってあるし、そろそろ別の方法を考えるべきだろう。

ランハートは目尻に浮かぶ涙を拭い、息を吐いた。

「まあ、公爵様はそれくらいじゃもう君を諦めないだろうしね。どうしてそんなに君がいいんだろう？」

「……そんなの、私だって知りたい」

「でも、こういうのって理屈じゃないんだろうな。自分にはこの人しかいないと思っちゃったら、もう終わりらしいよ。抜け出せないんだって、怖いよね」

他人事のようにそう言って笑い、ソファの背に体重を預けると、ランハートは唇で綺麗な弧を描く。

「明日からの予定は？　暇なら俺と遊ばない？」

「ひとまず食堂の準備を進めながら考えるわ。最悪、私がしばらくいなくても回るようにしないと」

「しょくどう？」

ランハートは長い睫毛に縁取られた目を瞬き「何の話？」と首を傾げた。話した気でいたけれど、食堂の開店準備をしていることを彼に話していなかったらしい。

コンセプトなどを説明すれば、ランハートは「へえ」と感心するような声を出した。

「グレースって、本当に予想もつかないことをするね。公爵様が君を気にかける理由も分かる気がするよ、そこらの令嬢とは全然違うから」

「それ、褒めてる？」

「もちろん。その準備、俺も今度見に行っていい？」

「いいけど、絶対にあなたが来ても楽しくないわよ」

そもそもランハートは次期侯爵という立場なのだ。働かなくて良いのかと尋ねたところ、意外と普段はきっちりすべきことはしているらしい。

社交の場にも積極的に顔を出しているようだし、確かに要領よく何でもこなしそうなタイプではある。

「そう言えば、シャーロットはどう？　あれからも社交の場で見かけたりする？」

「ああ、シャーロット・クライヴ嬢ね。よく見るよ」

シャーロットは持ち前の明るさや素直さで、あっという間に社交界の中心人物となっているんだとか。

確か小説でも元平民の彼女をサポートする男性がいたし、もしかするとそのお蔭で馴染めたのかもしれない。

「それと、公爵様と話しているのも見たよ」

「……えっ?」

――ゼイン様とシャーロットが、既に出会っている?

予想もしていなかった言葉に、心臓が大きく跳ねる。だって、そんな様子なんて一切なかったのに。

「確か、君が山奥に行った日の晩あたりだったかな」

ランハートはとある伯爵家主催の夜会に顔を出しており、そこで二人の姿を見かけたという。

全身が冷え切るような感覚がして、胸が苦しいくらいに早鐘を打っていく。自分でも驚くほどきつく手を握りしめていた私は、はっとして再び口を開いた。

「その、どんな感じだった?」

「遠目で一瞬見ただけだから、よく分からなかったな。あの公爵様が女性と二人で話しているのは珍しいし、たまたま目についたんだよね」

やはり二人は、自然と出会うようにできているのかもしれない。私が何もしなくてもこれから先、小説通りに惹かれ合っていく可能性もある。

それでも、ゼイン様はシャーロットに出会った後も私をあんな山奥や謎の街まで追いかけてきてくれたのだ。

まだ気持ちに変化はないようだし、私は邪魔者でしかない。二人が出会いさえすれば何とかなると心のどこかで思っていたせいか、焦燥感が込み上げてくる。

「これから、どうすれば……」

「今のままじゃ、何をしたって無理だよ」

動揺する私にランハートははっきりとそう言ってのけると、長い脚を組み替えた。

「君は根が優しいから、他人に辛く当たれないんだ。人間ってそう上手く自分の感情を隠せるものじゃないし」

ランハートは「特に好意はね」と続けた。

「公爵様を嫌うどころか好ましく思っているのが伝わっているから、諦めてくれないんじゃないかな。あと、そんな顔は絶対に見せないほうがいいよ」

「……そんな顔？」

「ああ、無自覚だったんだ。本当に君達、厄介だね」

呆れたように笑うランハートの言葉の意味は分からないものの、前半部分に対しては痛いところを突かれたせいか、何も言えなくなってしまった。

私はゼイン様を嫌いになんて、一生なれないだろう。

けれど、このままではいけないことも分かっていた。

目を伏せて両手を膝の上で握りしめていると不意にランハートは立ち上がり、私のすぐ隣に座った。

やけに近い距離に戸惑い少し後ずさると、逃げるなとでも言うように腰に手を回される。

明らかに手慣れている手つきに、思わず身体が強張るのが分かった。

「公爵様に諦めさせる、いい方法があるよ」

「えっ？」

「本当に俺を好きになればいい。そうしたら優しい公爵様は強く出られないよ。本気で君を好きだからこそね」

「……っ」

「それに諦めもつくんじゃないかな。好きな相手に別の好きな人間がいるのは、何よりも辛いことらしいから」

きっとランハートの言う通りだ。それでゼイン様が傷付けば、小説の本来の展開にも戻るかもしれない。

「浮気のフリなんて半端なことをするより、よっぽどいいと思うけど。俺のこと、嫌い？」

くいと指先で顎を持ち上げられ、至近距離で美しいアメジストの瞳と視線が絡む。

あまりの近さに驚き、慌ててぱっと目を逸らすと「その顔でその反応、ずるいな」なんて言われてしまった。

「き、嫌いでは、ないけど……」

「じゃあ好きにもなれるよ、大丈夫」

あっさり断言したランハートのことはもちろん嫌いではないし、何だかんだいつだって協力してくれる優しい彼を好ましいとは思っている。

それでも「人として」であって、異性として好きになれるかどうかは分からなかった。

「他に良い方法が思いつかないのなら、やってみる価値はあると思わない？　俺も君に好かれたら嬉しいし」

「……それは、そうかもしれない」

「でしょ？　『今の君』らしくない行動をするのが、破局への一番の近道だと思うな」

そう言って微笑むと、ランハートは私の頬を撫でた。

4 必要な距離

「…………はあ」

本日何度目か分からない溜め息を吐くと、何故か近くに立っていたエヴァンは「すう」と息を吸った。

先程から深呼吸みたいなものを繰り返していて、気になった私は「何をしてるの？」と何気なく尋ねてみる。

「最近ついてないので何かいいことないかなって、お嬢様が溜め息を吐いて逃げた幸せを吸ってみてます」

「今までで一番狂気を感じたわ」

エヴァンといると、色々悩んでいるのが馬鹿らしくなってくる。そんな彼に救われているのも事実だけれど。

「それで、何をそんなに気にされているんですか？」

「自分でもよく分からなくて……うーん」

――ゼイン様はシャーロットのことをどう思っているのだろう、あれからも交流をしているのだろうか。

『君の側に居られることが、俺にとって最大の幸福だ』

小説の内容を思い出したり、二人が一緒にいる姿を想像したりするたびに胸の奥が痛み、苦しくなった。

主役であるゼイン様とシャーロットが親しくなるのは当然で、喜ばしいことなのに。

そんな私を心配するみたいに、ハニワちゃんはきゅっと短い両手で私の腕に抱きついた。

「ぷぺぷ、ぺぴぽ、ぱぴぱぴ？」

「ハニワちゃんは世界で一番かわいいわ、大好きよ」

「ぷぴ！」

よしよしと撫でれば、嬉しそうに頬ずりしてくれた。エヴァンとの魔法の練習も続けており、私の能力が上がったせいか、以前より表情が豊かになった気がする。

相変わらず何を言っているのか分からないけれど、よく出てくる単語がいくつかあることにも気が付いた。

一番話しているのが「ぺぴぽ」で、次に「ぷぺぷ」と「ぷぴ」が多い。

私達の言葉はしっかり理解しているみたいだし、私もハニワちゃんの言葉を理解し、いつか一緒にお喋りをするのが今の夢だ。

「お嬢様、またお花と手紙が届いていましたよ」

「あ、ありがとう……」

ヤナの手には華やかな大きな花束と、二通の封筒がある。ガードナー侯爵邸に行ってからというもの、ランハートから頻繁に手紙や贈り物が届くようになった。

手紙を開封して目を通してみると、恥ずかしくなるような甘い言葉が並んでいて、叫び出したくなる。

ゼイン様からも何度か手紙が届いていたけれど、開封できずにいた。読んでしまえば、また罪悪感で死にそうになるのが目に見えているからだ。

私が別れるために逃げ出したりしていないせいか、ゼイン様も特に行動を起こしていないようだった。そもそも誰よりも多忙なのだし、当然なのかもしれない。

「ランハート様とも交際を始めたんですか？」

「ううん、友人のままだけど」

「こんなの友人に贈るものじゃない気がしますけどね」

花束に込められた花言葉もかなり情熱的なものばかりらしく、怖いので調べないでおこうと思う。

――ちなみに、ランハートからの申し出は断った。

彼を好きになれる確証もないし、そこまで巻き込むわけにはいかないと思ったからだ。

これまでの手助けとは明らかに負担も労力も違うし、私には返せるものがない。

色々と焦ってしまったものの、あの二人はまだ出会ったばかりなのだから、少し様子を窺ってもいいだろうと思ったのだ。

小説でも二人は少しずつ惹かれ合っていったし、ゼイン様が傷付いていない今は、本来の展開よりも時間がかかってもおかしくはないはず。

ゼイン様に動きもないし、二人が出会うという変化があった今は変に行動を起こさず、様子見するつもりだ。

『なんだ、残念。でも俺、手に入らないものほど欲しくなるタイプなんだよね』

けれど逆にランハートのやる気に火をつけてしまったようで、こんな事態になっている。

困惑する私を面白がっているのがメインな気もするけれど、最初から絡まれていたところを助けてくれたし、次に会った時には「付き合って」と言っていたことを考えると、割とグレースの顔が好みなのかもしれない。

「それと、マリアベル様からもお手紙が届いています」

「あああ……」

実はマリアベルからの可愛らしい手紙もこまめに届いており、流石に彼女のことは無視できずにいる。これまでも月に一度は手紙のやりとりをしていたけれど、公爵邸に行かなくなってからは頻度が明らかに増えていた。

ゼイン様からは「グレースは忙しいみたいだ」としか聞いていないようで、私が別れようとしていることなどは一切話していないみたいだった。

こちらとしても手紙で伝えるのは違う気がして、なるべくゼイン様には触れない当たり障りのない内容で返事をしてきたけれど、そろそろ限界だ。

可愛らしい桃色の便箋には最近の嬉しかったことや作った料理、ゼイン様の近況や私に会いたいといった内容が綴られていて、心臓が押し潰されそうになる。

ゼイン様はかなり忙しい日々を送っているらしく、ある意味私のせいな気がして、また申し訳なくなった。

「…………つらい」

テーブルに突っ伏し、腕の中に顔を埋める。大切な人達と距離を置いたり冷たい態度をとったりしなきゃいけないなんて、辛くてどうしようもなかった。

どうして私はグレース・センツベリーなんかになってしまったのだろうと、何度神を恨んだか分からない。

それでもグレースでなければ出会えなかった人達でもあるのだし、文句を言っても仕方ないと分かっている。

「よし、頑張ろう」

何かしていないと余計なことばかり考えてしまうと思った私は両頬を叩き、今後の計画を改めて立て始めた。

翌日、私はミリエルへとやってきていた。店内の準備もほぼ終わり、どう見ても完璧な大衆向けの少しお洒落な食堂だ。

私の店だということは隠しているため、働いてくれる従業員も無事に見つかった。変装をして仕事を教えており、このまま行けば来月にはオープンできるだろう。

そんなことを考えては胸を弾ませ、料理の下ごしらえをしていると、後ろからランハートが顔を覗かせた。

「へえ？　君が料理ができるって本当だったんだ」

そう、今日は先日の約束通りランハートも一緒にミリエルを訪れている。ずっと物珍しそうにあちこちを眺めては、楽しげな様子を見せていた。

彼がこんな大衆向けの店を訪れたり、厨房などの裏側を見たりする機会なんて滅多にないからだろう。

「そんな嘘つかないもの」

「でもさ、貴族令嬢どころかあのグレース・センツベリーが料理をするっていう話、信じる方が難しくない？」

「確かにそうね」

　そんな話をしながらランハートが私の腰に腕を回した瞬間、ハニワちゃんが飛んできてその手を叩いた。

「ぱぺ！　ぱぺ！　ぺぴぽぽ！」

「痛っ……この子、絶対に俺が嫌いだよね」

「ふふ、ありがとうハニワちゃん」

　今日初めて会ったものの、どうやらハニワちゃんはランハートが嫌いなようで、先程から彼が私に触れるたびにこうして怒ってくれている。

　ゼイン様が私に触れてもこんな風に怒ったりはしないため、ハニワちゃんの中で何らかの基準があるらしい。

　そんな中、来客を知らせるドアのベルが鳴った。

「あら、アル。久しぶりね」

「ああ」

　偉そうな態度で入ってきたのは久方ぶりのアルで、彼はどかりと私の側にあった椅子に腰を下ろした。

　エヴァンやヤナにも「よお」と気さくに挨拶しており、神出鬼没な彼がどこに現れたとしても、もう誰も驚かなくなっている。

私が失踪作戦をしている時期、アルもかなり忙しかったらしく、本当に最悪だったところしていた。なぜか思い切り睨まれたけれど、私は無関係だし理不尽だ。

そんなアルともランハートは初対面で、興味なさげに視線を向けていた。

「この子、知り合いなんだ？」

「ええ、私のファンなの」

「お嬢様のストーカーですよ」

「違えよ、ふざけんな！　ったく、俺は本来こんな扱いをされるような立場じゃ……そもそもこいつらが……」

同時に答えた私とエヴァンに対してアルは舌打ちをした後、ぶつくさ文句を言っている。

かわいい顔をした美少年が偉そうにしていても不思議と腹が立たず、よしよしという気持ちになってしまう。

「こんな若い子にまで好かれるなんて、人気者だね」

「だから違うっての！　で、こいつは？」

「俺はグレースの次の恋人だよ、よろしく」

「違うからね」

勝手なことを言うランハートを目を細め見つめると、アルは「ふーん」と頬杖をついた。

「お前、絶対に男を見る目がないよな。真面目に身の振り方を考えた方がいいぞ」

「えっ……」

突然、本気のトーンでそんなことを言われ、ショックを受ける私を鼻で笑うと、アルは「すっきりしたから帰るわ」と去っていく。

本当にただ鬱憤を晴らしにきた、みたいになっているけれど、何がしたかったのだろう。

気を取り直してそれからも準備を進め、そろそろ帰ろうかと思っていた頃、大人しく様子を見守っていたランハートが「ねえ」と私の服の裾をくいと摘んだ。

「グレースの作った料理を俺も食べてみたいな、ちゃんとお金は払うから。だめ？」

「もちろん。お金なんていらないけど、まだ食材がほとんどないし簡単なものでもいい？」

「うん、何でもいいよ」

ランハートがそんなことを言い出すなんて意外で、少し驚いたけれど、簡単なパスタを作ることにした。

せっかくだしここでしか食べられない味にしようと、和風の味付けにしてみる。前世で使っていた調味料に近いものも、これまで試行錯誤しながら作っておいたのだ。

やがて緊張しながらランハートの前に完成したパスタの皿を置くと、私は彼の向かいに腰を下ろした。

「ありがとう、早速いただくね」

「は、はい！」

「あはは、なんでそんなに緊張してるの」

ランハートは食事をする姿までなんだか色気があると思いながら、ごくりと固唾を呑んで様子を見守る。

「——驚いた、美味しい」

「ほ、本当に……？」

「うん。こういう味は初めてだけど、かなり」

少し驚いたような表情からも、本当にそう思ってくれているのが伝わってくる。

「良かったあ……ありがとう、すごく嬉しい！」

生粋の貴族であるランハートの口に合うのなら、きっとお客さんの口にも合うはず。

何より美味しいと言ってもらえるのは嬉しくて、思わず笑みがこぼれた。

ほっと息を吐いているとランハートが食事をする手を止め、じっとこちらを見つめていることに気が付く。

「どうかした？」

「今の笑顔、かわいくてびっくりした。君は俺の前であまり笑ってくれなかったから」

「えっ」

予想外のかわいいという言葉に、心臓が跳ねる。なんというか、これまで彼には何度も「かわいい」と言われたことはあったけれど、今のは何か違う感じがした。

そして思い返せば、ランハートと一緒にいる時は浮気の罪悪感で押し潰されそうになっているか、作戦に失敗してどんよりしているかのどちらかだった。

よくこんな辛気臭い女に付き合ってくれるなと申し訳なくなりつつ、彼には感謝してもしきれない。

その後、ランハートは綺麗に完食してくれ、美味しかったと丁寧にお礼を言ってくれた。

「オープンしたら、また食べに来るよ」

「ええ、ありがとう」

初めてランハートに会った時には、華やかなオーラや上位貴族特有の雰囲気に圧倒され、なんだか遠い人のような気がしていた。

けれど実際に関わった彼は話しやすくて、子どもっぽいところもあって、こんな場所に来て、私の手料理を食べてくれるような人で。想像とは全然違った。

「そうだ、明日からしばらく色々な集まりに出るから、あの子の話を聞いてくるね」

「あ、ありがとう……！」

あの子というのは、シャーロットのことだろう。彼女の様子が気になっていたものの、なんとなく直接会うのは怖いと思っていたため、本当にありがたい。

その一方で、ずっと気になっていたことがあった。

「どうしてこんなに協力してくれるの？　私はまだ何もランハートに返せていないのに」

いつまでも何かお願いをされることもないし、実は多忙な彼に何も返せていないことを申し訳なく思っていた。

そう尋ねれば、ランハートは「ああ」と何のことはないように呟く。

「俺、君の気の強そうな顔に似合わない、可愛らしい言動が好きなんだよね。ギャップって言うのかな」

「えっ？」

「前から美人だとは思ってたけど、それだけで。でも、あの日劇場でぽつんと一人で座って大泣きしている君を見て、いいなと思った。だから、声を掛けたんだ」

ゼイン様と初めて出掛けた日、劇場で私を助けてくれたのは単なる偶然や気まぐれではなかったらしい。

「純粋でどこか抜けてるグレースが頑張っている姿が、かわいくて好きなんだ。君によく思われたいって下心からだから、気にしないで」

後は普通に見ていて面白いし、なんて言い、ランハートは「ね？」とにっこり微笑んだ。

ただ面白がっていただけではなく、私を好ましく思っていたからこそだと知り、じわじわと顔が熱くなっていくのが分かった。こんなの、逆に気にしてしまう。

とは言え、前に全部遊びだと言っていたし、真に受けないようにしようと、落ち着くために深呼吸をする。

「でも、あんなに美味しい料理まで作れるなんて反則じゃない？　どこまでギャップがあるんだろうね、君って」

けれど、おかしそうに笑うランハートの屈託のない笑顔が眩しくて、やっぱりドキドキしてしまった。

「うわあ、にんきものですね」

「もう少し感情を込められなかった？」

どっさりとテーブルの上に山積みになった手紙の束を前に、エヴァンは棒読みでそう言ってのけた。現在は社交シーズン真っ只中のため、日々招待状が届いている。

あんなにやりたい放題だったグレースでも、センツベリー侯爵家の一人娘のせいか、取り入ろうとする人間は後を絶たない。元々グレースは社交の場によく出ていたし、付き合いのある人間は多いようだった。

とは言え、友人と呼べる存在は一人もいなかったようだし、上辺だけの付き合いだろう。

「夜会、夜会、舞踏会……」

「ぱぴ！　ぽぷぽ！」

ヤナは手紙をせっせと仕分けしてくれており、最初はいじめられ役のサクラとして雇ったのに、今では絶対に手放せない侍女となってくれている。ハニワちゃんも一生懸命お手伝いしてくれていて、とてもかわいい。

最近は一切社交の場に出ていなかったものの、そろそろ侯爵令嬢として顔を出すべきなのかもしれない。

「お嬢様、こちらが招待状で、こちらはお手紙です」

「ありがとう、ヤナ」

結局、普通の手紙はランハートからと、領地にいるお父様からの二通だけだった。その二通を手に取って見つめていると、後ろからエヴァンが「そういや」と呟く。

「公爵様からの手紙、来なくなりましたね」

「…………」

「良かったじゃないですか。お嬢様はずっと無視していたし、流石に諦めたんですかね」

「……そうね」

自分の行動のせいだというのに、何故かエヴァンの言葉がぐさぐさと胸に突き刺さる。

——エヴァンの言う通り、ゼイン様から一切連絡が来なくなっていた。

確かに手紙は無視していたけれど、あんな山奥まで追いかけてきたと言うのに、そんな簡単に諦めるものなのだろうか。

シャーロットと出会った影響かもしれないと思うと、また心臓が鉛になったみたいに重くなっていく。

けれどその一方で、安堵しているのも事実だった。

実は昨日、出先でぼんやりしていたところ、馬車に轢かれかけたのだ。

『俺がいなかったら、死んでましたね』

エヴァンがすぐに助けてくれたけれど、一瞬「死」を意識し、このままではいつか小説のグレースと同じようになってしまうかもしれないと思うと、怖くなった。

「エヴァン、絶対に私の側を離れないでね、お願い」

「はい、お嬢様は俺が命に代えても必ず守ります」

「どうしてかしら、全然安心できないのは」

縋るようにエヴァンの手を握れば、爽やかな笑顔で握り返されたものの、不思議と安心できないから困る。

「失礼いたします」

そんな中、ノック音がして顔を上げれば、メイドが新たな手紙を届けにきたようだった。

どうやら急ぎらしく、なんだか嫌な予感がしつつ手紙を開封した私は絶句してしまう。

「う、嘘でしょう……」

食堂のオープン予定日まで後少しだと言うのに、なんとメインで振る舞う予定だったデザートの食材の仕入れ先から、取引ができなくなったと連絡が来たらしい。

この世界にはシャーベットアイスというものがなく、珍しさを売りに、食堂の看板メニューにしようとしていたのだ。

かなり苦労をしつつ研究に研究を重ねた結果、とある珍しい品種のオレンジを使うと美味しくできることが分かり、大量に発注していたというのに。

突然のことで、冷や汗が止まらなくなる。

「とりあえず出掛けるわ。ヤナ、準備をお願い」

「かしこまりました」

詳しい理由は分からないものの、とにかく直接会って話を聞かなければと、私は二人と共に屋敷を出た。

数時間後、私はヤナとエヴァンと共に王都の大衆カフェでぐったりとしていた。

店内は満席で私達はギリギリ入れてラッキーだったものの、今はそれどころではない。

「どうしよう、全然取り合ってもらえなかったわ……」

「困りましたね」

「……もう、お父様に頼るしかないのかしら」

以前会った時はすごく愛想が良かったのに、今日は何故か門前払いされてしまった。

次の仕入れ先を見つけるのは簡単ではないし、何よりもう時間がない。なるべく食堂に関しては自分の力でやりたいと思っていたけれど、もう仕方ないかと思った時だった。

「……あれ、あなたは」

そんな声に顔を上げれば、先日この店でハンカチを渡してくれた黒髪黒目の美形男性の姿があった。

彼はテーブルに突っ伏していた私を見て困ったように微笑み、柔らかく目を細めている。

「先日はありがとうございました」

「いえ、どういたしまして」

慌てて身体を起こしお礼を伝えれば、男性は小さく首を左右に振った後、私達が座る四人掛けのテーブル席へと目を落とした。

「実は他に席が空いていなくて……もしよければ相席させていただいても？」

「あ、ぜひ！　私の隣で良ければ」

「ありがとうございます」

男性は私の隣に座ると、すぐに一番安い紅茶を一杯だけ頼んだ。私と同じものだと気付いたらしく、照れたような笑顔を向けられる。

「ここの紅茶、安価なのに美味しいですよね」

「分かります！　このフルーツケーキも美味しいですよね」

「あ、それは僕の友人がやっている果樹園のものなんですよ」

「そうなんですか……って果樹園？」

「はい。王都の近くで代々やっているんです」

まさかそんな上手くいくわけがないと思いながらも、恐る恐る尋ねてみる。

「あの、つかぬことをお聞きしますが、そちらの果樹園に――……」


それから一時間後、私はとあるお店の前で彼に深々と頭を下げていた。

「た、助かりました、本当にありがとうございます……！」

「お役に立てたなら良かったです」

なんと男性のご友人の果樹園には、私が求めていた品種のオレンジがあったのだ。紹介制らしいもののすぐに紹介すると言ってくれ、渡りに船だとお言葉に甘えることにした。

そしてあっという間に話はまとまり、すんなり問題は解決してしまった。

「あの、何かお礼を」

「本当に結構です。僕は知人に恩も売れましたし、気にしないでください」

ふわりと微笑む男性はイザークさんと言うらしく、家名を聞いたけれど「下級貴族ですし名乗るほどの者ではないですから」と教えてはくれない。

一方、彼はグレース・センツベリーを知っていたものの、まさか大衆向けのカフェにいるはずがない、よく似た別人だろうと思っていたんだとか。

これではお礼もできないと困惑していると、イザークさんは「ああ、でも」と続けた。

「僕もぜひ、オープン後にお邪魔させてください」

「もちろんです！　ただ、私の店だということは内緒にしていただけませんか……？」

「あなたが望むのなら、もちろん」

爽やかな笑みを浮かべるイザークさんはどこまでも良い人で、その際には目一杯サービスしようと決める。

「それとハンカチも洗って屋敷に保管してあるので、次にお会いした時にお返ししますね」

そう告げるとイザークさんは一瞬、驚いたように目を見開いたものの、やがてふっと口元を緩めた。

「あなたは本当に素敵な方ですね」

「えっ？」

「──だから、困るんですよ」

どういう意味だろうと思っていると何故か頬に触れられ、端整な顔が近づいてくる。

その瞬間、エヴァンの「あれ、公爵様だ」という声が耳に届いた。

思わずぱっとエヴァンの方を向くのと同時に、頬に何か柔らかいものが触れる。それがイザークさんの唇だと気付いた途端、私は慌てて後ろに飛びのいた。

「す、すみません！　私のせいですよね⁉」

「こちらこそ申し訳ありません。つい見惚れてしまって」

「そ、そうだったんですね」

私が驚いて急に顔を逸らしてしまったせいで、ラブコメみたいな事故が起きてしまった。驚きと申し訳ない気持ちでいっぱいになっていた私は、重要な何かを忘れていることに気付いてしまう。

「……ゼイン、様……」

後ろからぐいと腕を引かれ、慌てて顔を上げればゼイン様と視線が絡み、私ははっと息を呑んだ。

こんなにも最悪のタイミングで、偶然ゼイン様に出会すなんてことがあるだろうか。

「…………」

「……あ、あの」

ゼイン様からすれば久しぶりに会った私（一応はまだ恋人）が、見知らぬ男性に頬にキスをされていたというとんでもない状況なのだ。

個人的には最悪だけれど、破局へのダメ押しになるのではという期待もあり、でもやっぱり気まずいと半ばパニックになっていた時だった。

不意に後頭部に手を回されたかと思うと、そのまま引き寄せられ、ゼイン様との距離がゼロになる。

頬に何か柔らかいものが触れ、キスをされたのだと理解するのに少しの時間を要した。

「久しぶりだな、グレース」

「……っ」

ゼイン様は何事もなかったように私の腰を抱き寄せ、笑顔を向けてくる。

けれど私は今のゼイン様のキスのせいで、恥ずかしくてドキドキして仕方なくて、声も出せない。

「それで、彼は？　グレースとは何を？」

「こちらはイザーク様です。先程はお嬢様の頬とイザーク様の口が触れ合ったところですね」

イザークさんについて尋ねられたものの、答えられずにいた私の代わりに、エヴァンが答えてくれる。

間違（まちが）いなくゼイン様が求めていた答えとはズレている上に、最悪な部分をご丁寧に切り抜いてくれた。そんなエヴァンに、ゼイン様は「そうか」とだけ返している。

「こ、困っていたところを、助けていただいて……」

「はい。初めまして、ウィンズレット公爵様」

「グレースが世話になったことには感謝するよ。だが、俺の恋人に必要以上に近づかないでくれるかな」

堂々と恋人だと名乗ったゼイン様は、笑顔のままそう言ってのけた。私はその圧に内心震えていたものの、イザークさんも余裕のある笑みを崩さない。

「そうでしたか、大変申し訳ありません。それでは僕はそろそろ失礼しますね」

「あ、ありがとうございました！」

イザークさんは人の良い微笑みと共に、丁寧に礼をして去っていく。

お世話になったのに、なんだか申し訳ないことをしてしまった。

「この魔力、どこかで……」

ゼイン様はその背中を見つめながらそう呟き、やがて私へと視線を向けた。そこには先程までの貼り付けた笑みはもうなく、私は今すぐ逃げ出したくなっていた。

「少しだけ彼女を借りるよ、五分後に迎えにきてくれ」

「分かりました」

「ちょ、ちょっと待っ――」

一体誰に仕えているんだと問いただしたくなるほど、ゼイン様に即答したエヴァンは笑顔でひらひら手を振っている。ヤナは哀れむような視線を向けていた。

　そのまま腕を引かれ、ゼイン様によって人気のない路地裏に連れて来られた私はぐっと壁に押しつけられる。

　冷たい壁の感触以上にゼイン様の瞳は冷たくて、ぞくりと鳥肌が立つ。

「君は本当に浮気者だな」

　ゼイン様はそう言うと、指先で先程イザークさんの唇が当たったあたりをそっと擦った。表情や声のトーンとは裏腹に手つきは優しくて、どきりとしてしまう。

「さっきのは、本当にわざとではなくて……」

「ああ、君はそうだろうね」

　呆れたような表情で口角を上げるゼイン様は本気で怒っているのだと、すぐに分かった。

「本当に腹立たしくて仕方ないよ。君は他人に好意を向けられることに対して、あまりにも鈍感すぎる」

「………」

「男というものをまるで分かっていない」

　イザークさんに好意があるかどうかはよく分からないけれど、ゼイン様が言っていることは正しいのだろう。

私は男性経験がなく何もかもが不慣れで、何も分かっていないのだ。きっと、ゼイン様のことも。

「だが、俺も君が分からないんだ。なぜ俺と離れる必要がある？　何に対してそんなに怯えているんだ？」

「……っ」

そんな問いに、心臓が大きく跳ねる。ゼイン様は私には何か事情があって、意思と反して別れようとしているのだと気付いているのかもしれない。

けれど、あなたとシャーロットが結ばれなければ私が死ぬんですなんて、言えるはずもない。

「ゼ、ゼイン様には、もっとお似合いの女性がいるからです！」

「それは君が決めることじゃないと、前にも言ったはずだ。俺が簡単に心変わりするような人間だと、本気で思っているのか？」

以前そんな話をした時にひどく怒らせてしまったことを思い出した時には、もう遅かったらしい。私を見下ろす瞳には静かな怒りが浮かんでいて、思わず息を呑む。

すると不意にゼイン様の顔が再び近づいてきて、リップ音が静かな路地裏に響いた。

「な、なな、何を……！」

「あの男の感覚を全て消してやろうと思って」

「ま、待っ……ひゃっ」

「待たない」

それからも何度もわざと音を立てて頬や首筋にキスをされ、羞恥で叫び出したくなる。

抵抗しても両手首をきつく掴まれており、びくともしない。

こんな風にゼイン様に無理やり触れられるのは初めてで、怖くなる。けれど、それなのにどうしようもなくドキドキして、嫌だと思えないことが一番怖かった。

「俺の気持ちなんて、君には分からないだろうな」

「ゼイン、様……」

「君を好きなのと同じくらい、君が憎らしいよ」

溶け出しそうなくらい瞳は熱を帯びていて、それだけでどれほど彼に好かれているのかが伝わってくる。

ゼイン様からすれば、私から好きだと言って無理やり恋人になったくせに、自分が好きになった途端、いきなり別れようと一方的に突き放された立場なのだ。

自分勝手な私を憎らしく思うのも、当然だろう。

「俺はそんなに頼りない？」

それでもそんな問いや声色も優しいもので、切なげな表情に胸が締め付けられる。

私を嫌いにならず、何か事情があると考えて責め立てることもないゼイン様の優しさに、泣きたくなった。

「ち、違います！　そういうわけじゃ――」

するといきなり否定する間もないまま、正面から整いすぎた顔が近づいてきて、思わず息を呑む。

「グレース」

酔ってしまいそうな甘い声や吐息に、くらくらする。

「……っ」

この角度では唇が重なってしまうと、きつく目を閉じたけれど。しばらくしても、何も起きないまま。

恐る恐るゆっくりと目を開ければ、鼻先が触れ合いそうな至近距離で視線が絡んだ。

どうやら唇には寸止めだったらしく、蜂蜜色の瞳に映る私は、今にも泣き出しそうな顔をしていた。

「……消えた？」

そんな問いに、満足げな笑顔に、余計に頬が火照っていく。答えなんて聞かなくても、分かっているのは明白だ。

そもそもイザークさんの感覚が消えるどころか、私は事故程度にしか思っておらず、何も残っていなかった。

何よりゼイン様に一度目のキスをされた時点で、それ以外のことなんて考えられなくなっていたというのに。

とにかく早く解放されたくて必死に頷けば、ゼイン様はふっと唇で綺麗な弧を描いた。

「そろそろ君の騎士が迎えに来る頃かな」

ぱっと両手を離され、ほっとした瞬間腰が抜けそうになってしまう。

ゼイン様は平然とした様子のままで、やはり悔しい気持ちになった。

「あの、どうして、ここに……」

「今日に関しては偶然だよ。遠方での仕事を終えてようやく王都へ戻ってきて、一番に見たのが恋人が見知らぬ男にキスされている現場だっただけだ」

どうやら嫌味のようで、眩しい笑顔を向けられた私は謝罪の言葉を紡ぐほかない。

領地での仕事や討伐遠征と多忙で、社交の場にも顔を出していなかったという。

つまりシャーロットとも会えていないし、状況は全く好転していない。

むしろその期間こそ失踪のタイミングとしては完璧だったのではと思っていると、ゼイン様は「ちなみに」と続けた。

「俺はどんなに忙しくても必ず君を迎えに行くから、旅行がしたいならいくらでも行くといい」

心の中を見透かされてしまった私は動揺し「あ、ありがとうございます……」と謎のお礼を口にした。

「……本当に、忙しかったんですね」

「ああ、俺から手紙が来なくて寂しかった？」

「そ、そんなことありません！」

「そうか。俺は君からの便りは一切ないし、顔も見られなくてとても寂しかったよ」

まっすぐな言葉に、胸がまた高鳴る。ゼイン様は私を好きなままなのだと、この短時間で思い知らされた。

「この後も予定が詰まっているから、もう行くよ」

「……はい」

「それと、先程の男には気を付けた方がいい」

ゼイン様の背後にこちらへとやってくるエヴァンの姿が見え、ほっと安心した時だった。

「好きだよ」

耳元でそれだけ言い、ゼイン様は去っていく。完全に力の抜けた私は、その場にへなへなと座り込んだ。

エヴァンは「あ、いたいた」と呑気にこちらへと歩いてくると、手を差し出してくれる。

「お嬢様、大丈夫ですか？」

「……ぜんぜん、大丈夫じゃない……」

それからも心臓は早鐘を打ち、ゼイン様の残した感覚や声が、離れないままだった。

ゼイン様と会うのは本当に危険だと思った私は、あれ以来、食堂への行き来以外は引きこもるようになった。

「ウィンズレット公爵様とランハート様から、お手紙とプレゼント、お花が届いていますよ」

「……そこに置いておいて」

手紙や贈り物も届いていたけれど、もちろん開封していない。

花だけは枯れてしまうしもったいないから部屋に飾っているけれど、以前何気なく私が好きだと言ったものばかりで、心臓に悪かった。

そうしているうちに、食堂のプレオープン日を迎えた。

ゼイン様とのことは解決していないけれど、食堂のことをいつまでも放置しておくわけにはいかないし、準備に集中していると心の安寧が保たれる気がしていた。

「き、緊張してきたわ……どうしよう、もしも誰も来なかったら……吐きそう……」

「大丈夫ですよ。きっと上手く行きます」

「ぷぽ！　ぷぽ！」

寝る間も惜しんで準備を続けてきたけれど、やはり緊張はしてしまうし、不安になる。

それでもみんなが励ましてくれて、私は両頬を叩いて気合を入れた。

「ありがとう、頑張りましょうね」

もちろん私もオープン期間はフルで働くつもりで、髪を魔法で暗い茶色に染め、周りからはレンズの奥がほとんど見えないような眼鏡をかけている。

これだけでも雰囲気はかなり変わるし、悪い意味で有名なグレースも、平民にまでは知られていないだろう。

今日は私達三人、そして従業員のアニエスとジャスパー、ローナで回す予定でいる。

三人はミリエルで暮らしている平民で、可愛らしくて明るい女の子のアニエスとローナは十六歳、寡黙だけど恐ろしく仕事が早い美男子のジャスパーは十七歳だ。

アニエスとエヴァンはホール担当、ヤナとジャスパーとローナがキッチン担当、そして私はどちらも手伝って回る予定だった。

慣れてきたら、三人だけでも回せるようになってもらいたいと思っている。

「お嬢様、既にお客様がいらっしゃっていますよ」

「はっ、いらっしゃいませ！」

ドアベルが鳴り、すぐに気持ちを切り替える。

以前からミリエルの人々に宣伝していたせいか、オープン後は途切れることなくお客さんがやってきた。

お客さんが来るたびに、なんとも言えない喜びや安心感が込み上げてきて、足元がふわふわする。

「お待たせしました、ランチセットです」

「おお、美味そうだ」

「ありがとうございます。どうぞごゆっくり」

私はキッチンを時折手伝いつつ、注文から配膳まで接客もしながら店内を見回り、忙しなく働き続けていた。

「アニエス、奥のテーブルの注文をとってきて」

「はーい！　分かりました」

高校時代、ファミレスで週六バイトしていた経験がここにきて生きている気がする。

「お嬢様、お客様をお連れしましたよ」

「ありがとう！」

そして時折エヴァンが外で呼び込むと、ごっそり女性客を連れてきてくれるため、とても助かる。

私はエヴァンを異性ではなく珍獣枠として認識しているけれど、やはり世間では相当モテるのだと実感した。

「えっ、美味しい……！」

「本当だわ、ねえ、そっちも一口ちょうだい」

女性のお客さんにもさっぱりとしたパスタや華やかな盛り付けを意識したランチセットは好評で、嬉しくなる。

一度こうして食べてもらう機会を作れば、きっとまた来てくれるという自信があった。

「おい、約束通り来てやったぞ」

そんな中、再びドアベルがちりんと鳴り振り向けば、そこにはアルと見知らぬ男性の姿があった。

「えっ……ア、アル！　ありがとう！」

「声でか」

以前、アルに「友達と来てね」と声を掛けたところ「知り合いと行く」と返事をされたことを思い出す。

確かに年齢的にも私よりも上のようだし、友達というカテゴリではなさそうだ。落ち着いた雰囲気を纏った美形の男性は身なりを見る限り、平民らしい。

とても背が高くてすらりとしていて、平民とは思えないほど品がある。

「こちらの席におかけください」

ひとまず席に座るよう勧め、メニューを手渡す。

腹減ったーと騒ぐアルの向かいで男性は物珍しげにメニューを眺めており、もしかすると外食はあまりしないタイプなのかもしれない。

「お前、すげえだらしない顔してるぞ」

「だって嬉しいんだもの」

いつもツンツンしているアルがこうして人を連れて本当に来てくれるなんてと、笑みがこぼれる。普段は憎まれ口ばかり叩いているというのに、とんだツンデレだ。

二人から注文を聞いたあと、私はじっと店内を見つめている男性に声をかけてみる。

「あの、アルとはどういうご関係なんですか？」

「友人だ」

「まあ、アルにも友達がいたのね！　良かった！」

「そういうのやめろ！　俺が可哀想な奴みたいだろ」

男性の返事に思わず安心すると、アルはぷんすかと怒り出してしまう。そんなアルにエヴァンが子ども用のおもちゃをそっと差し出したせいで、余計に怒ってしまった。

私はエヴァンとアルの微笑ましいじゃれ合いが、実は好きだったりする。美形同士なのがまた眩しい。

「アルに失礼なこととか言われていないですか？　私なんてこの間、絶対に男を見る目がない、真剣に身の振り方を考えた方がいい、なんて言われちゃって」

「……へえ？　そんなことを言っていたのか」

「お、おい！　お前、余計なことを言うな！」

やけに焦った様子のアルは「違うんです」と何故か男性に対して必死に弁解している。

何かまずいことを言ってしまったのだろうか。

そうしているうちに、からんころんと可愛らしい音が鳴り響いた。

この音は食堂から繋がる子ども向けの店のドアベルの音で、すぐにそちらへ移動する。

子ども達は大人がたくさんいると落ち着かないだろうし、お洒落なカフェ風の店に来た大人のお客さんは子どもがいるのを好まないかもしれないと思い、完全に入り口とスペースを分けてあった。

少しだけ開いたドアの隙間から外を覗けば、そこには三人の子どもの姿がある。

「こんにちは、料理を食べに来てくれたの？」

笑顔でそう尋ねれば、子ども達は顔を見合わせた後、もじもじと躊躇いながら口を開く。

「……本当に、お金を払わなくても食べられるの？」

「ええ、もちろん！　デザートでも何でもどうぞ」

笑顔で即答したことで、子ども達の表情がぱあっと明るくなる。私はすぐに「いらっしゃいませ」と手を引き、店の中へと案内する。

料理を作っている間も楽しめるよう、本やおもちゃも用意してあり、みんな遠慮しながらも色々手に取ってみていて、可愛らしくて笑みが溢れる。

それぞれの食べたいものを聞いた私は厨房へ戻ると、ホールはエヴァンと従業員に任せて料理を始めた。

毎日は無理だけれど、最初はやっぱり自分の手で作ったものを食べてもらいたい。

「このボウルの中身を混ぜて、できたソースをこのサラダにかけてほしいの」

「かしこまりました」

ヤナは厨房を担当してくれていて、手伝ってもらいながら急ぎ作っていく。

エヴァン同様、彼女もメイド以上の仕事をしてくれていて、本当に頭が上がらない。小さな弟妹達のためにも、しっかりお給料を弾まなければ。

「……よし、できた」

少し緊張しながら子ども向けのプレートを三つ持っていくと、子ども達はおもちゃに夢中になっていて、また笑顔になった。

「どうぞ、たくさん食べてね」

「わあ……！　おいしそう！」

「おかわりもあるから、いつでも声をかけて」

ファミレスなんかでよくあるお子様ランチプレートを意識して可愛らしく盛りつけてみ

たけれど、みんな目を輝かせて喜んでくれて嬉しくなる。

子ども達が食べ始めたのを確認すると、予想以上に混雑する店内に嬉しい冷や汗をかきつつ、私はすぐさま仕事へ戻った。


それからも絶えずお客さんがやってきて、あっという間に満席になった。

正直、これほど多くの人が来てくれるとは思っておらず、ひしひしと準備不足を実感してしまう。この人数で回すのは、かなりギリギリだった。

ミリエルは元々大きい街な上に発展途中で、現在も飲食店は少なくない。だからこそ、新しい店だからと言ってこれだけのお客さんが入るのは少し不思議だった。

子ども達の食事代を考え、料金設定も他より少しだけ高いからこそ、尚更だ。

「こちら、お釣りです」

「ありがとう。美味しかったよ」

そんな中、食事を終えた男性が辺りを見回し、子ども向けの店へと視線を向けた。

「本当に子ども達に食べさせてやっているんだな」

「はい、そのためにこのお店を作ったので」

男性はそうか、とだけ言うと、柔らかく目を細めた。

「あんたは若いのに偉いなあ。こんなこと、やろうと思ってもなかなかできることじゃない」

「いえ、そんな……」

「俺も子ども達に何かしてやりたいとは思うが、自ら何か行動する、直接何かするというのは難しいことでね。だが、この店で食事をするだけで少しでもあの子達のためになるのなら、いくらでも来ようと思うよ」

この盛況ぶりはそう思っている人が俺以外にもいるからだろうと、男性は言った。

「あ、ありがとうな。これからも頑張ってくれ」

「ありがとうございました！」

また来ると店を出ていく男性に、慌てて頭を下げる。

やがて姿が見えなくなり振り返れば、エヴァンと出会した。

「お嬢様、何か苦い物でも食べたんですか？　しわくちゃのすごい顔してますよ」

「……だ、だって、こうしていないと、泣きそうで」

ぐっと涙を堪えて唇を噛んでいたせいか、エヴァンに笑われてしまう。けれど、どうしようもなく嬉しくて、気を緩めると泣いてしまいそうだった。

「俺は片付けをしてくるので、お嬢様は奥の席の注文を取ってきてください。そろそろ決まる頃ですから」

「わ、分かりました！」

てきぱきと動き指示をするエヴァンは、こういった仕事もできてしまうらしい。最早どちらが上司なのか分からなくなっている。

「――かしこまりました、少々お待ちください」

そうして注文をとり終えて厨房に伝え、再び子ども向けのお店を覗いたところ、子ども達は食事を終えたところだった。

「おねえちゃん、ごちそうさま」

テーブルを見ると綺麗に完食してくれており、先程遊んでいたおもちゃや本も全て、元あった場所に綺麗にしまってくれたらしい。

私は子ども達と目線が合うようにしゃがむと、小さな手を取り、笑顔を向けた。

「ありがとう。お腹はいっぱいになった？」

「うん、とってもおいしかった！　こんなにキラキラで楽しいごはん、はじめて食べたよ」

「……そっか。良かった」

子ども達の眩しい笑顔に、胸がいっぱいになる。きっとあの頃の私も、こんな顔をしていたのかもしれない。

そのまま外へ見送ろうとしたところ、赤髪の男の子が何か言いたげな顔をしていることに気が付く。

「どうかした？」

「……本当にいいの？　おかね」

不安げな、申し訳なさそうなその姿に、再び過去の自分が重なる。当時の私も、いつも同じことを考えていたからだ。

「もちろん。その代わり、大きくなったらお客さんとしてたくさん食べに来てね」

だからこそ、私も過去にもらった言葉を口にした。

すると男の子は安堵したように笑ってくれて、ほっとする。

「どうもありがとう、またくるね！」

「どういたしまして。またいつでも来てね」

無邪気な可愛らしい笑顔を向けられ、胸がいっぱいになって視界が滲む。

子ども達にはこんな風にずっと笑っていてほしい、健やかに元気に育ってほしいと、心の底から思う。

そうして外まで子ども達を見送った私は、そのまま店の外にある倉庫の陰に隠れるようにしゃがみ込んだ。

「……っ」

——本当に、本当に嬉しかった。息が詰まるくらいの喜びが込み上げてきて、きつく両手を握りしめる。

先程とは違い我慢しきれなかった涙が、ぽろぽろとこぼれ落ちる。嬉しくて救われたような気持ちになって、安堵して、心の中はぐちゃぐちゃで、もう限界だった。

服の袖で拭っても、またすぐに涙が頬を伝っていく。

この世界にはこういったお店はないし、私だって何もかも素人なのだ。上手くいくのか、受け入れてもらえるかも分からず、不安な気持ちも大きかった。

私の自己満足だけで終わるかもしれないと、悩んだこともあった。それでも。

「……っう……ひっく……」

今はやって良かったと、心の底から思えていた。そしてこれからもきっと、何度だってそう思える日がくるという確信が、今はこの胸の中にある。

そしてこれらは全て「グレース・センツベリー」に転生したからこそ、できたことだとも分かっていた。

「──大丈夫か？」

ぐすぐすと泣き続けていると、不意に穏やかな声が降ってきて、慌てて顔を上げる。

するとアルと一緒に来ていた男性が目の前におり、ハンカチを差し出してくれていた。

「あ、ありがとう、ございます……すみません……」

「ああ」

どうやら食事を終え、私にお礼を伝えようとしてくれていたらしい。せっかく来てくれたのに、訳の分からない号泣姿を見せてしまうなんてと、申し訳なくなる。

それでも男性は隣にしゃがみ、ただ見守るように黙って私を見つめていた。言葉はほとんど交わしていないけれど、とても優しい人だということだけは分かる。

少しずつ落ち着いてきた私は、小さく息を吐いた。

「こんな姿をお見せしてごめんなさい。それにしても、よくこんなところにいるのを見つけられましたね」

「俺は君を見つけるのが得意だから」

「………？」

一瞬困惑してしまったものの、私達は初対面だし人探しが得意だとか、きっとそういう意味なのだろう。

そんな中、倉庫に食材を取りに来たらしいエヴァンが、私と男性を見て「こちらは大丈夫なので、ごゆっくり」と声をかけてくれる。たまにまともで優しいから困る。

お言葉に甘えてあと五分だけはこうさせてもらおうと決めて、ありがたく先程借りたハンカチで目元を拭う。

男性も立ち去ろうとはせず、こちらを見つめたまま。

「なぜ泣いていたんだ？」

「……実は、こうしてお店をやるのが子どもの頃からの夢だったんです」

　それから私は、どうして食堂をやろうと思ったのか、正直に話した。とは言え、アルの知り合いだし気を遣わせたくなくて、過去の貧乏話は伏せておく。

　初対面でするような話ではないと理解しながらも、何故かすんなりと話せたし、話したいと思えてしまった。

　むしろ彼と話していると、不思議と落ち着く気さえしてしまう。

　やがて私は、はっと我に返った。

「はっ！　すみません、こんな話をいきなり……」

「いや、大丈夫だ」

「とにかくそれで、さっき子ども達の笑顔を見たら心から嬉しくて、泣いちゃったんです」

　改めて口に出すと、全て現実なんだと実感してじわじわと喜びが込み上げてきて、幸せな笑みがこぼれる。

　すると男性は驚いたように目を瞬いた後、少しだけ泣きそうな顔をして微笑んだ。

「……君は、本当にすごいな」

「えっ？」

　そして静かに立ち上がり、手を差し出してくれた。

　ついつい話し込んでしまったものの、そろそろ仕事に戻らなければと慌ててその手を取り、私も立ち上がる。

「あの、本当にありがとうございました」

「こちらこそ。君の話が聞けて良かったよ」

その笑顔や言葉に嘘はないのが伝わってきて、また心が温かくなった。もっと話していたいと思うくらい、一緒にいて居心地の良さを感じてしまうのは何故だろう。

やがて棚の陰から出ると、私達を探していたらしいアルがやってきた。

「おいお前、こんなところにいたのかよ。あのクソ騎士に聞いても『内緒です』とか言いやがるし」

エヴァンはやはり気を遣ってくれていたらしく、秘密にしてくれていたようだった。

けれどアルも料理がお気に召したのかご機嫌で、いつものようにぶーぶー文句を言うことはない。

「すげー美味かったわ、また来てやってもいい」

「本当？　良かった！」

いつだって正直すぎるアルの言葉は信じられるし嬉しくて、自信になる。

プレオープン日の今日、知人やその連れは無料だと説明したものの、男性は「感謝の気持ちとして払わせてほしい」と言って聞かない。

結局、アルの分とまとめてお会計をしてくれて、私は外まで二人を見送った。

「本当に美味しかったよ、ありがとう」

「こちらこそありがとうございました。あの、お名前を聞いても？」

そう尋ねたものの「次に会えた時に」と誤魔化されてしまう。最近の男性は、名乗らないことが多いらしい。

「では、ハンカチもその時に洗ってお返ししますね」

「……ああ」

困ったように微笑んだ後、男性は金色の目を細めた。

「君の夢がこれからも上手くいくよう、祈っているよ」

「あ、ありがとうございます！」

ひどく優しい表情についどきりしてしまいながら、二人が見えなくなるまで見送る。

「よし、頑張ろう！」

そして再び店へと戻り、両頬を叩いて気合を入れ直した。

――それからも閉店時間まで満席で、プレオープンは大成功に終わった、けれど。

この日から、ゼイン様からの連絡が来なくなった。

5 ほどかれた未来

食堂のオープンからあっという間に半月が経ち、忙しない日々を送る中、私は頭を悩ませていた。

「……あの二人、結局どうなっているのかしら」

シャーロットとゼイン様の関係が進展しているのか分からず、不安で仕方ない。

ランハートからの報告によると、二人が会話している姿は何度か見かけているんだとか。

ゼイン様が女性と関わること自体珍しく、私と一緒にいる姿を見かけなくなったこともあり、グレース・センツベリーが捨てられたという噂も流れているらしい。

その上、現在王都におり社交の場にも顔を出しているらしいゼイン様からは半月の間、一切連絡はない。今度こそ、シャーロットの影響だろうか。

とにかく今は私にとってかなり良い状況で、このまま行けば自然消滅も、という期待がある。

『俺の気持ちなんて、君には分からないだろうな』

『君を好きなのと同じくらい、君が憎らしいよ』

けれど先日の言葉を思い出すと、やはりそんな簡単に心変わりするとも思えなかった。同時に何度もキスをされたことを思い出してしまい、顔が火照っていく。

あの日の出来事を頭から振り払うように首を左右に振ると、私は「ぷぺぷ？」と不思議そうな顔をしてこちらを見ているハニワちゃんを抱き上げた。

「ねえ、ハニワちゃんはどう思う？　ゼイン様はまだ私のことが好きかしら？」

「ぷぽ！　ぱぴ、ぷぴ！」

「ふふ、かわいい。ぷぽって何かしら？」

一生懸命身振り手振りをしながら「ぷぴ！」を繰り返している姿はかわいくて、なんだか元気が出てくる。

とは言え、ハニワちゃんはゼイン様が大好きだし、このまま会えない可能性もあると思うと、心が痛む。

そんな中、コーヒーを飲んでいたエヴァンが何かを思い出したように口を開いた。

「明日から二日間休みをいただいているので、出掛ける際は侯爵家の騎士をごっそり連れて行ってくださいね」

「分かったわ。どこかへ行くの？」

「はい。魔物の討伐に」

エヴァンがこうして駆り出されるということは、かなり手強い相手なのだろう。

話を聞くと王都から少し離れた場所に、強い部類の魔物の群れが現れたんだとか。

「やっぱり、何か魔物に変わった様子がある？」

「まだはっきりとは分かりませんが、明らかに魔物の数は増えていますね」

やはり小説の通り瘴気が広がり始めていて、魔物が増えているのかもしれない。

「ヤナ、魔鉱水の値段に変わりはない？」

「はい。今のところは」

「……よかった」

ほっとしたものの、油断できるような状況ではない。魔鉱水が失われ始めれば、本当にもう戦争は目の前なのだから。

心臓が嫌な音を立てるのを感じながら、手帳を開く。思い出せる限りの小説の情報を記してあるものの、本当に全てこの流れの通りに行くのだろうか。

「なんですか？　この年表みたいなのは」

「この先、シャーロットとゼイン様の身に起こることを分かるだけ記してあるの」

ひょこっと手帳を覗いたエヴァンが、首を傾げる。

二人には色々と話してあるため正直に答えると、エヴァンは「へえ」と感心したような声を出した。

「お嬢様や俺達については分からないんですか？」

「ええ、残念ながら」

「そうですか、それでもすごいですね」

二人はやはり一切疑うこともなく、こんな突拍子もない話を聞いてくれていて、じわじわと胸が温かくなる。

　こんなにも自分をまっすぐに信じてくれる人達が傍にいるのは、とても心強かった。

「このときめき誘拐事件、というのはなんですか？」

「それはね、ストーカー男に攫われたシャーロットを、ゼイン様が偶然助けるの」

「では、こっちの魔道具事件っていうのは？」

「それはね、ゼイン様が危ないところを今度はシャーロットが助けに行くのよ」

　まだ聖女としての力に目覚めていないというのに、ゼイン様が危険だと知ったシャーロットは無茶をして助けに行き、怪我を負う。

　そのシーンはとても感動的で、何度も繰り返しそこを読んだ記憶がある。

「なんだか大変そうですね。妙な事件ばかりで」

「そうでしょう？　でも、そういうものなの」

　ヒロインや主人公というのは常に困難や苦難が降りかかるけれど、乗り越えるたびに二人の絆は強くなり、恋が燃え上がっていくものなのだ。

　とは言え、彼らも本当に大変そうだと思いつつ、死にかける私が一番大変だと、溜め息を吐いた時だった。

「お嬢様、お客様がいらしております」

「誰かしら？」

メイドがやけに慌てた様子でやってきて、来客を知らせてくれる。

今日は来客予定なんてなかったのに、と思いながらハニワちゃんをそっとテーブルの上へと下ろす。

「マリアベル・ウィンズレット様です」

「……えっ？」

それから数日後、私はウィンズレット公爵邸にてマリアベルと隣り合って座っていた。

『突然訪ねてきてしまってごめんなさい。ご迷惑だとは分かっていたのですが、どうしてもお姉様に会いたくて……私のこと、嫌いになりましたか……？』

『そんなわけないわ！　私は今までもこれからも、マリアベルのことが大好きよ』

先日、ひどく不安げな様子で我が家へとやってきた彼女を追い返すことなんて、できるはずもなかった。

最後にマリアベルに会ったのは失踪作戦をする前で、かなり久しぶりだ。仕方がなかったとは言え、寂しい思いや不安にさせてしまったのだと思うと、胸が痛んだ。

そして二人きりで会いたいと言われ、今に至る。

ゼイン様は明日まで留守と聞いているし、大丈夫だろう。

「お姉様と一緒にいると、すごくほっとします」

「マリアベル……」

彼女はぴったり隣に座り、私の腕に縋るように抱きついている。

今日も天使でかわいくて愛おしくて、このままずっと一緒にいたいと思ってしまう。

やがて銀色の長い睫毛を伏せると、マリアベルはぎゅっと私の手を握りしめた。

「もしかしてお兄様と、喧嘩をされたんですか？」

「……その、そういうわけじゃないんだけれど」

あれほど公爵邸に遊びに来てはゼイン様と過ごしていたのだから、マリアベルがそう思うのも当然だ。

――私としては破局した後「恋人という関係ではなくなったけれど、ゼイン様もマリアベルも大事な存在には変わりない」ときちんと話をする予定だった。

けれどいつまでも別れられず「別れたくて逃げ回っている」とも言えず、こんな状況になってしまった。

「それなら、どうして……」

まっすぐに私を見つめるマリアベルを見ていると、誤魔化したり嘘をついたりなんて不誠実なことはしたくないと思えてくる。そして、意を決して口を開いた。

「ごめんなさい、マリアベル。私ね、ゼイン様と別れたいと思っているの」

「ど、どうしてですか？　お兄様のことが、嫌いになられたんですか……？」

ゼイン様と同じ色の金色の瞳に涙が溜まっていき、今すぐに「本当は別れたくない」と言ってしまいそうになるのを必死に堪える。

「ううん、今もとても大切で好きよ。でも、お互いに違う道をいくべきだと思うの」

「そんな……お願いします、一度ちゃんとお兄様とお話ししてください。お兄様は絶対にお姉様が大好きですし、お二人はずっとずっと、一緒にいるべきです！」

マリアベルの気持ちが苦しいくらいに伝わってきて、視界が滲み、思わず抱きしめた時だった。

「マリアベル？　来客でも——……」

広間へ入ってきたのはなんとゼイン様その人で、私は息を呑み、固まってしまう。

そしてゼイン様もまた私がいることは知らなかったようで、切れ長の目を見開いていた。

驚いてマリアベルへと視線を向ければ、彼女は「ごめんなさい」と、目に涙を浮かべた。

「私、どうしてもお二人に会って、ほしくて……」

最初からゼイン様と引き合わせるつもりで明日まで留守だと嘘を吐き、私を今日この場に呼んだのだろう。

それでも、ぽろぽろと大粒の涙を流すマリアベルを責められるはずなんてない。

この涙は私の行動のせいだと思うと、罪悪感で押し潰されそうになる。

「私は、グレースお姉様とゼインお兄様と、ずっと、ずっと一緒にいたいです……」

「……っ」

大好きで妹のように思っているマリアベルにそう言われて、心が動かないはずなんてなかった。ゼイン様もマリアベルの言葉に、悲痛な表情を浮かべている。

──どうして、大切な人達にこんな顔をさせなければいけないんだろう。

そんな行き場のない疑問が消えず、心が軋む。

「っごめんなさい、私、部屋に戻ります。どうか、お気持ちを伝え合ってくださいね」

涙を拭い、マリアベルは無理やり笑顔を作るとパタパタと広間を出て行ってしまう。

本当に私達のことを想ってくれているのが、心底伝わってくる。

「…………」

「…………」

残された私とゼイン様の間には重苦しい沈黙が流れていたけれど、先に口を開いたのは彼の方だった。

「マリアベルがすまない、本当に俺も君が来ていることは知らなかったんだ」

「いえ……こちらこそ、ごめんなさい」

「少しだけ話をしても？」

こくりと頷けば、ゼイン様はこちらへやって来て、静かに私の隣に腰を下ろした。

ゼイン様はいつもより離れた場所に座っており、これまでとは違う距離感に、少しの戸惑いを覚えてしまう。

やはりシャーロットと関わり、心境の変化があったからなのだろうかと思いながら、次の言葉を待った。

「改めて聞くが、君はなぜ俺と別れたいんだ？」

いきなりの核心を突く問いに、どきりとしてしまう。

それでも必死に平静を装い、ゼイン様を見つめ返した。

「もうゼイン様が好きじゃないからです。そんな状態で一緒にいても、お互い幸せになんてなれませんから」

マリアベルも、きっと辛いのは今だけだ。時間が経ちシャーロットが私の代わりにゼイン様の恋人になれば、誰よりも彼女を可愛がってくれるはず。

ここで情に流され、戦争が起きて大勢の人が命を落とすよりはいい。私だって死にたくなんてなかった。

両手をぎゅっと握りしめ、顔を上げる。そして最後に本当に別れたいと、もう一度伝えようとした時だった。

「ですから、本当にもう別れ――っ」

気が付けば私はソファの上で押し倒される体勢になっていて、ゼイン様の整いすぎた顔がすぐ目の前にある。

両腕を大きな手で摑まれており、びくともしない。

「ど、どうして……」

「グレース」

名前を呼ばれるだけで、どうしようもなくドキドキしてしまう。そしてそれは目の前の彼にも伝わっているようで、ゼイン様は呆れたように口角を上げた。

「こんなにも真っ赤になって俺を意識しているくせに、もう好きじゃないから別れたいだと？」

「……っ」

「君は嘘が本当に下手だな」

恋人繋ぎのように、するりと指を絡められる。私よりもずっと大きな手のひらに包まれ、また心臓が跳ねた。

こうしてランハートに手を繋がれたことも何度もあったけれど、こんな風に胸が高鳴ることはなかったのに。

「どうしたら君を繋ぎ止められる？　どうすれば大人しく俺の傍にいてくれるんだ？」

「なんで、私に、そこまで……」

縋るような眼差しを向けられ、きつく手を握られ、指先ひとつ動かせなくなる。

今にも消え入りそうな声で紡いだ問いに対し、ゼイン様はどこか悲しげに目を細め、私を見つめた。

「さあ？　俺にも分からないんだ。君以外を好きになったこともないし、理由なんてもう分からない」

それでも、とゼイン様は続ける。

「今ここで君を諦めたら、俺は絶対に一生後悔する」

唯一それだけは分かっていると言われた私は、泣きたいくらい胸を打たれていた。

――大好きな小説の主人公で、優しくて格好良くて、一途で完璧で。夢中になって小説を読みながら、いつかこんな素敵な人に愛されたいと何度も何度も思った。

そんな憧れの人が、こんなにもまっすぐに私を好いてくれていて、嬉しくないはずがなかった。

このままゼイン様の手を取れたなら、本当はこの先も一緒にいたいと言えたならどんなに幸せだろうと、考えないはずがなかった。

「わたし、は……」

今まで必死に固めてきた決意が、揺らいでしまう。

けれど最後にほんの少しだけ、グレースとしての——この物語の舞台装置としての責任感が勝った。

私は小さく息を吸い、吐くと顔を上げる。

「……三ヶ月間、距離を置きませんか」

「何のために？」

「お互いのためです」

今すぐ別れるのが無理だとしても、私と離れ、シャーロットへ目を向ける機会を作るべきだと思った。

何より私自身、ゼイン様と離れるべきだ。このまま絆されきってしまうのが、怖かった。

受け入れられないとは思いつつ「お願いします」と乞うように見上げる。ゼイン様は読めない表情のまま私をじっと見下ろしていたけれど、やがて口を開いた。

「分かった」

「えっ？」

「君がそうしたいのなら」

それだけ言うと私から手を離し、身体を起こす。

ダメ元だった提案があっさり受け入れられるとは思っておらず、自分から言い出したとは言え、戸惑ってしまう。

間違(まちが)いなく以前のゼイン様なら、ここで頷きはしなかったはず。何より先程(さきほど)の言葉とは正反対の行動に、ゼイン様の気持ちが分からなくなっていた。

望んでいた展開のはずなのに、痛む心臓には気付かないふりをして、私も身体を起こす。

「もう連絡もしないし、君を見かけても声をかけない。それでいいんだろう？」

「……はい」

「分かった、外まで送るよ。行こうか」

ゼイン様はソファから立ち上がり、右手を差し出してくれた。けれど立ち上がった後、すぐに手は離される。

それからはもう、私達が言葉を交(か)わすことはなかった。

「なんだか平和ですね。海や山へ行っていた頃(ころ)が懐(なつ)かしいです」

「ぱぱ！　ぴぴ、ぱぴ！」

「ハニワも山に行きたいらしいですよ」

「ふふ、食堂が落ち着いたら、今度は普通に旅行に行くのも良いかもしれないわね」

頭を撫でると、ハニワちゃんは「ぷぴ」と嬉しそうに鳴いた。

最近「ぷぴ」は「好き」なのではないかと思い始めている。エヴァンもハニワちゃんの通訳をしてみているけれど、本当にそれが合っているのか、定かではない。

「ぺぴぽ、ぱぴ、ぱぴ！」

「公爵様にも会いたいそうです」

「…………」

——あれから、二ヶ月が経った。本当にゼイン様からの連絡は一切なく、距離を置くという約束はしっかりと守られているまま。

その結果、驚くほど毎日が平和で、逆に落ち着かないくらいだ。あんなに必死に追いかけてきたというのに、こんなにもあっさり引き下がれるものなのだろうか。

「……でも、これで上手くいくはずだもの」

私の命も平和も二人の「愛の力」という、目には見えないものによって救われるのだ。

読者として小説を読んでいた頃は思い合う二人の姿に憧れ、ときめいていたけれど、実際それが芽生えるのはいつなのか、そもそも「愛の力」が何なのかよく分かっていない。

だからこそ、こうするほかない。他に方法があるのなら、誰か教えてほしかった。

毎日のように顔を出している食堂は想像以上に順調で、最初は赤字覚悟だったものの、初月からしっかり利益が出ていて安心した。

　子ども達も気軽に遊びに来てくれており、いつも元気や幸せをもらっている。

「でも本当、不思議だよね。公爵様も流石に心変わりし始めたのかな？」

「ぴぱぷ！　ぴぱぷ！」

「痛っ……痛いって、ちょっと何とかしてくれない？」

「本当にランハートのことが嫌いよね。なぜかしら」

「新しいお父様だよって言ってるだけなのに」

「ぽぷ！　ぽぽ！」

「あはは、ごめんって。ねえ、本気で痛いんだけど」

　ちなみに今日はランハートが遊びに来ており、先程からハニワちゃんが絶えずしばしと攻撃を仕掛けている。

　ずっと親身に協力してくれていた彼にも、これまでの報告は全てしてあった。

「そう言えば、この間はあの子がマリアベル嬢とも一緒にいたって」

「シャーロットが？」

「うん。カフェで一緒にいるところを見た子がいるらしくて、本当に公爵様とは家族ぐるみの良い関係なんじゃないかって噂されてるよ」

　既にマリアベルとも交流しているとは思わず、驚いてしまう。私が思っていた以上に、状況は好転しているのかもしれない。

「寂しいって顔してる」

「……それは、流石にそう思うわ」

もちろん寂しく感じるし、自分の居場所を奪われたような、自分勝手な気持ちになってしまう。けれど、本来シャーロットのものだった居場所を私が奪ってしまっていたのだ。

間違いなくこれが正しくて、進むべき未来だった。

「まあ、良かったね。じゃ、俺と付き合おっか」

「ぱぺ！　ぱぺ！」

「大丈夫よ、付き合わないから」

「ぷ……」

ランハートに対し怒り続けるハニワちゃんを赤ちゃんのように抱っこし、とんとんとすれば落ち着いたようだった。かわいい。

「あ、でもまだ別れてはいないんだっけ？」

「ええ。距離を置く期間はあと一ヶ月残っているから」

「そっか、そこで別れられるといいね」

他人事のようにそう言ったランハートは紅茶を飲むと「あ、そうだ」と口を開いた。

「実は今夜、舞踏会にパートナーとして参加するはずだった子が、急に別の予定が入ったみたいなんだよね。良かったら一緒に行ってくれない？」

「分かったわ、私でよければ」

ランハートには日頃お世話になっているし、たまには侯爵令嬢としての役割も果たさなければ。

時計に目を向ければそろそろ支度を始めないといけない時間で、私はヤナに準備をお願いすると、ランハートを門まで見送ることにした。

「君と一緒に社交の場に出るのは初めてだね」

「確かにそうね、そもそも私が最近は顔を出していなかったし」

私達二人で現れれば、ゼイン様との破局説も余計に広がるだろう。

やがて馬車の前でランハートは振り返り、私に向き直った。

「ごめんね、さっき嘘をついちゃった」

「えっ？」

「最初から君と行くつもりだったから、誰も誘ってないんだ」

余裕たっぷりで綺麗に微笑み、ランハートは「約束したからね」と馬車に乗り込んだ。

このギリギリのタイミングで困っていると言えば、私が断らないだろうと考えたからに違いない。そんなことをしなくても、普通に誘ってくれれば行くというのに。

「……もう」

それでも正直に「嘘をついた」と言うところが彼らしいなと思わず笑ってしまいながら屋敷へと戻り、今夜に備えることにした。

数時間後、会場に到着するなり、グレースの取り巻きの令嬢達に囲まれてしまった。

「グレース様、お久しぶりですね、お会いしたかったですわ！」

「最近は全くお見かけしなかったので、心配していたんです」

「ごめんなさい、色々と忙しかったの」

派手な色のドレスに身を包み、濃い化粧をして髪をきつく巻く彼女達の姿はまさに、悪役令嬢そのものだ。ちなみに私も悪女っぽい雰囲気にしてきたつもりだったけれど、彼女達と比べれば清楚に見えるレベルだった。

最近では食堂での平民の地味な服装やエプロンに慣れていたせいか、感覚が鈍ってしまったらしい。少しでも原作の流れになるよう、気休めかもしれないけれど、こういった部分もしっかりやらなければと反省した。

「最近、何か変わったことはあったかしら」

「グレース様がいらっしゃらないせいか、アルメン伯爵家の令嬢達が中心となって、大きな顔をしているんです。それがもう腹立たしくて」

「ええ、本当に目障りですわ。大した歴史もない家門のくせに」

「そ、そう……」

悪女のグレースと一緒に過ごしていた彼女達の会話と言えば、専ら誰かの悪口かグレースを持ち上げるばかりで、早速逃げ出したくなる。

「そう言えば、ウィンズレット公爵様とはどうですか？」

「成金の子爵家の娘ごときが公爵様に近付こうだなんて、烏滸がましい」

そしてやはりシャーロットのことは良く思っていないようで、誰もが苛立たしげに話をしては盛り上がっている。それほどシャーロットは、際立った存在なのだろう。

小説でもゼイン様との身分差についてなど、シャーロットを悪く言ったり嫌がらせをしたりする令嬢は後を絶たなかった。

いつもは気丈なシャーロットも、度を越したものによって傷付き、涙を流すこともある。そんな時、ゼイン様が格好良く彼女を助けるシーンも多々あった。

きっと彼女達のような令嬢が騒ぎを起こすのだろうと思いつつ、相当気になっているらしい私とゼイン様との関係を、どう話そうかと頭を悩ませていた時だった。

「グレース、ここにいたんだ？　捜したよ」

後ろからランハートが現れ、それはもう自然に私の腰を抱き寄せる。

同時に周りにいた令嬢達は「きゃあ」と黄色い声を上げた。先程まで悪口を言っていた恐ろしい顔から一転、乙女の顔になっている。

パートナーとして一緒にやってきたものの、ランハートは入り口ですぐ知人に捕まり、私だけ先に会場の中へと入っていたのだ。

「流石グレース様、公爵様からランハート様に乗り換えられたのですね！」

「ええ、まさかグレース様があんな女に略奪されるなんてあり得ませんものね」

何故か尊敬のまなざしを向けられて困っていると、空気を読んでくれたらしいランハートは、するりと私の頬に手を滑らせた。

「そうそう。俺も人気者のグレースにはまだ、振り向いてもらえていないんだ。だから、二人きりにしてもらっても？」

ランハートがそう言うと、令嬢達は再び黄色い声を上げた後、こくこくと物凄い速さで頷き、すぐにその場から去っていった。

彼こそ流石だと思いながら、ほっと胸を撫で下ろす。やはり「グレースらしさ」を保つのは難しいし、日頃から気を付けていないと駄目だと反省した。

それからはランハートの友人を紹介されたけれど、みんなとても素敵な方で、すごく楽しい時間を過ごした。

悪評まみれの私に対しても、何の隔たりもなく接してくれている。

「ランハート様は誰よりも視野が広くて、次々と誰も思い付かないようなアイディアを生み出されるので、一緒に事業をやると勉強になるし、心強いんです」

「って君の前で褒め称えるように、買収してるんだ」

「もちろんこれも嘘ですからね」

「ふふ、分かっているわ」

そして誰もがランハートのことを心から尊敬し、大切な友人や仲間だと思っているのが伝わってくる。女性ばかりにモテるのかと思っていたけれど、私の偏見だったらしい。

知らなかった一面を知り、少しの嬉しさを感じてしまう。

「ランハート様だわ！　今日も素敵ね」

「一度でいいからお相手していただきたいわよね」

そして女性達は彼とすれ違うたび、熱い眼差しを向けていた。

その気持ちもよく分かる。私はエヴァンやゼイン様という美形に囲まれていたせいで感覚が麻痺していたけれど、ランハートの眩しさ美しさは群を抜いている。

じっと隣に立つ彼を見上げていると「うん？」と微笑み、こてんと首を傾げた。そんな仕草ひとつひとつにも色気があって、絵になるから困る。

「美形だなあと思って」

「俺のこと、そう思ってくれてたんだ？　全く興味がないのかと思ってたよ」

「このレベルの美形を見て、何も思わないなんてあり得ないわよ」

「へえ、それは嬉しいな。いいことを聞いた」

素直にそう答えると、ランハートは目に見えて機嫌が良くなったようだった。

こんなこと、言われ慣れているはずなのに。

「せっかくの舞踏会だし、一曲くらい踊っておく？」

「申し訳ないけれど、遠慮しておくわ」

マナーなんかは身体に染み付いていたし、ダンスもできるはず。けれど、本来のグレースは完璧に踊ってみせることを思うと、失敗が恐ろしくて目立つ場所では避けたかった。

「君は踊るのが好きなイメージだったんだけどな。思わせぶりな君と一度だけでも踊りたい男が後を絶たなくて、喧嘩になっていたこともあったし」

「そ、そう」

記憶喪失のせいで不安だと正直に話せば、ランハートは「いつも会場の真ん中を占領していた君が？　上手く踊れるか不安だって？　あはは！」とおかしそうに目一杯笑った後、今度練習相手になると言ってくれた。

そんな中ふと、会場の一角が盛り上がっていることに気付く。

「――シャーロット」

そこには数ヶ月ぶりに見るシャーロットの姿があって、どきりと心臓が跳ねる。

男女ともに大勢の人々に囲まれている彼女は、遠目から見ても綺麗で可愛らしくて、私が好きだった小説のシャーロットそのものだった。

眩しくて思わず見惚れていると、ランハートもその存在に気付いたらしい。

「あれ、あの子も来てたんだ。本当によく見るな」

「あ、あんなに目は大きいのに、顔ちいさ……細いし白いし……」

「君も変わらないと思うけど」

ランハートは苦笑いしているけれど、以前見た時よりもずっと垢抜けてさらに美しくなったシャーロットの姿に、一原作ファンとして興奮してしまう。

私にとっては、芸能人を街中で見かけたような感覚だ。

「……本当、かわいいなあ」

ゼイン様だって誰だって、惹かれてしまうのは当然だと思える。また胸がちくりと痛んだけれど、気にしない気にしないと自分に言い聞かせ、背を向けた。

その後もランハートのお蔭で踊らずとも舞踏会を楽しみ、気付けば日付が変わっていた。

「疲れたよね？　少し外の空気でも吸いに行こうか」

「ええ、ありがとう」

息抜きに誘ってくれるタイミングも完璧で、気遣いがばっちりな彼がモテないわけがないと実感しながら差し出された手を取り、テラスから庭園へと移動する。

心地よい夜風が、ランハートの男性にしては少し長い髪を揺らす。アメジストの瞳は、夜空に浮かぶ薄雲のかかった月へと向けられていた。

「俺、月が好きなんだ。気が付いたら、何時間も見つめていることがあるくらい」

「意外だわ。太陽って感じがするのに」

「あはは、よく言われる」

月が好きな人は優しい人だと、傷付きやすい人だと聞いたことがある。ランハートもいつも陽気に振る舞っているけれど、そんな一面があるのだろうか。

そんなことを考えながら、ふと見えた星の話を振ろうとした時だった。

「ねえ、あの星って――」

「静かに」

突然口元に指を当てられ、慌てて口を噤む。一体どうしたんだろうとランハートの視線を辿れば、その先には噴水の側でキスをするゼイン様とシャーロットの姿があった。

「えっ……？」

その瞬間、頭から冷水をかけられたみたいに、全身が冷えきっていくのが分かる。

――どうして二人がここにいるのだろう。先程までゼイン様の姿は舞踏会会場にはなかったし、シャーロットを迎えに来たのだろうか。

答えの出ない疑問が頭の中で、止めどなく浮かんでくる。

　やがて顔が離れ、ゼイン様の背中に腕を回すシャーロットの表情は恥じらいながらも嬉しさに溢れていて、幸せそうで、まさに恋する乙女そのものだった。

　何度も小説の挿絵で見たその美しい光景から、目を逸らせない。

　けれど昔はそんな二人が大好きだったはずなのに、今は心臓をきつく掴まれたような感覚がして、息苦しくなる。

「……っ」

　たった二ヶ月の間に二人がそんな関係になっていたなんて、想像もしていなかった。

　あんなに私を好きだと言っていたって、運命の相手である主人公とヒロインは、結局惹かれ合うものなのかもしれない。

　本来なら既に退場しているはずの私という邪魔がいなくなれば、尚更だ。

　隣に立つランハートも「へえ、意外だったな」と、呟いている。

「でも、良かったね。これで君も心置きなく――……」

　そこまで言いかけて、私へ視線を向けたランハートは何故か口を噤んだ。

　そして困ったように微笑むと、「おいで」と私の手を引いて歩き出す。ゼイン様とシャーロットのいる方向とは反対の方へ向かっていく。

　やがて人気のない暗い木陰で足を止めた彼によって、抱きしめられていた。

「本当、君って馬鹿だよね。自ら仕向けたのに泣くなんて」

そう言われて初めて、私は自分が泣いていることに気が付いてしまう。

頬を伝う涙が、ランハートの上着を濡らしていく。

「……ど、して」

訳が分からなかった。どうして自分が今泣いているのか、分からない。シャーロットとゼイン様が上手くいっているなんて、何よりも喜ぶべきことのはず。

グレースに転生してからというもの、ずっとこのために頑張ってきたのだから。

──それなのに、どうして辛くて悲しくてたまらないのだろう。

「うっ……っく……」

気が付けば声を出して泣いていて、ランハートはそんな私の背中をぽんぽんと子どもをあやすように撫でてくれる。

その優しい手つきや体温に、余計に涙が溢れて止まらなくなった。

「泣くくらい嫌なら、別れようとしなきゃいいのに」

「っだって、仕方ない、から……」

「ああ、世界平和のためだっけ？」

私の意思なんて、関係ない。小説の登場人物に転生した以上、仕方ないことだと、最初は思っていたのに。

もう一度生きるチャンスをもらえて、裕福な侯爵令嬢に転生できただけで感謝すべきだと思っていたのに、欲が出てしまった。

端役の悪女キャラのくせに、主人公の隣にいることを望んでしまったのだ。

「そもそも、何とも思ってない相手のためにあんなに頑張れないよ」

「……っ」

ランハートの言葉はきっと正しくて、その言葉はすとんと胸の中に落ちた。

──もちろん戦争が起きてほしくない、死にたくないという気持ちも大きかったけれど、私の一番の原動力は「ゼイン様に幸せになってほしい」という願いだった。

そしてそれは、単に大好きな小説の推しだからではない。

ゼイン・ウィンズレットという人に、どうしようもなく惹かれていたからだ。

「……本当、ばかみたい」

なんて望みのない、救いようのない恋をしてしまったのだろう。

それでも、心のどこかでは仕方ないとも思えていた。

誰よりも素敵なゼイン様の恋人になり、特別扱いされて好きだと言われて、恋に落ちないなんて最初から無理だったのだと。

「俺はグレースみたいに優しくないし自分勝手だから、もし君と同じ状況に置かれたところで、自分の感情を優先するけどね」

「私だって十分、自分勝手だわ……」

シャーロットと上手くいってほしいと言いながらも、心のどこかでゼイン様は私を好きでいてくれるかもしれないと、期待していたのかもしれない。

『今ここで君を諦めたら、俺は絶対に一生後悔する』

そんな言葉に、ありえもしない未来を想像してしまったくらいには。

本当にどうしようもないと自分の愚かさが嫌になって、また涙が止まらなくなる。

「俺、結構クズなんだよね」

「……な、なんて？」

そんな中、この雰囲気には不釣り合いな突然の告白に、私は驚いて顔を上げる。

ランハートは私の涙を指先で拭うと、困ったように微笑む。

「別れを切り出して女性が泣いてしまっても、何とも思わないんだ。面倒だなって思う時もあるくらいで」

いつだって女性に優しいランハートの言葉に少しだけ驚いた、けれど。心の中でどう思っていてもそれを態度に出さないのは優しさだし、クズなんかではないとも思う。

ランハートは「でも」と続けた。

「君が泣いているのは、すごく嫌だと思った」

驚きで、涙が止まる。

同時に心臓が大きく跳ね、アメジストの瞳から目が逸らせなくなっていた。ランハートはいつも口説いたり冗談を言ったりするけれど、今は真剣なのだというのが伝わってくる。

「どうしてだろうね？」

返事もできず動揺して固まる私を見て、ランハートはくすりと笑う。

「俺にすればいいのに。大事にするよ」

こんな時にそんな風に言われて、心が揺らがない人がいるだろうか。

少しの後、ようやく口から出てきたのは「ず、ずるい」という言葉で、ランハートは「よく言われる」と笑うと、私の頭を撫でた。

「ま、今日のところは俺を利用して思いっきり泣いて」

「……ありがとう」

間違いなく、これで良かった。ゼイン様とシャーロットが結ばれたのならこの先は小説の通りに話が進んでいくだろうし、もう私が心配することもなくなるはず。

けれど、今日だけは目一杯泣くのを許してほしい。

私はランハートの上着をぎゅっと掴むと、それからしばらく泣き続けた。

「ウィンズレット公爵様、来てくださってありがとうございます」

「いや、遅くなってすまない」

知人に顔だけ出してほしいと頼まれ、舞踏会に遅れてやってきたものの、常に大勢の人間に囲まれ、息をつく間もない。

一人になりたくて外の空気を吸いたいと適当な理由をつけると、俺は庭園へと出た。

「ウィンズレット公爵様……？」

そんな中、背中越しに声を掛けられる。

振り返った先にいた令嬢――シャーロット・クライヴは、薄暗い中でもはっきりと分かるくらい、青白い顔で俺を見つめていた。

子爵家の養女になったばかりだという彼女とは、最近顔を合わせる機会がやけに多い。

社交の場だけでなく、街中の思わぬ場所でも偶然会うのだ。

その上で偶然が重なり、会話をすることも少なくない。それでも不愉快に思わないのは、彼女がいつだって適度な距離をとっているからだということにも気付いていた。

『先日、偶然カフェで相席させていただいたのがマリアベル様で……本当に可愛らしくて素敵な方ですね。とても幸せな気持ちになりました』

『そうか』

それでいて親しみも感じさせる態度に、不思議な令嬢だという印象を抱く。

そんな彼女はやはり具合が悪いのか、足もふらついている。

「きゃ……っ」

そうして倒れかけた瞬間、すかさず彼女の身体を支えれば、それは恐ろしく細くて軽く、心配になるほどだった。

鼻先が触れ合いそうなくらい顔が近づき、思わず離れようとしたものの、彼女が更にバランスを崩したせいでそれは叶わない。

少しの後、両肩を支えるようにしてなんとか立たせれば、彼女は今にも消え入りそうな声で謝罪の言葉を紡いだ。

「大丈夫か」

「は、はい……ごめんなさい……」

どうやら無理やり酒を飲まされたらしく、酔いを覚まそうと外へ出てきたという。貴族の中には女性をわざと酔わせ、無体を働こうとする者もいるからだろう。

もしもグレースが同じ目に遭わされたらと思うと、苛立ちが募るのが分かった。

「ほんの少しだけ、このままでいても、いいですか……？」

彼女は心底辛そうで、無理に運ぶことも放っておくこともできず、静かに頷く。

縋るように背中に腕を回され、少しの間、彼女はその場で浅い呼吸を繰り返していた。

「……ありがとうございます、落ち着きました」

「そうか」

今日はもう帰宅することにしたらしいが、ここで放っておいて一人で倒れられては夢見が悪くなりそうだと、会場までは送ることにした。

「公爵様は、とてもお優しいんですね」

「……そんなことはないよ」

元々の俺ならきっと、こんな行動はとらなかっただろう。グレースというお人好しで優しい女性と共に過ごすうちに、感化されたからだ。

グレースは今頃、何をしているのだろう。そんなことを考えていると、俺のすぐ隣を歩いていたクライヴ嬢は不意に「きゃっ」と小さな悲鳴を上げ、足を止めた。

何かあったのだろうかとその視線を辿った先には、暗がりで抱き合う男女の姿がある。

こうした密会も珍しくなく、くだらないと通り過ぎようとした時だった。

「あのお二人って、グレース・センツベリー様とランハート・ガードナー様ですよね？」

「――は」

まさか、と再び視線を向けて目を凝らせば、彼女の言葉が事実だと気付いてしまう。

なぜグレースがあんな場所で、あの男と触れ合っているのか理解できない。

「以前もお二人で一緒にいるところをお見かけして、お似合いだと思っていたんです」

何もかもがひどく不愉快で、焼けつくような激しい嫉妬を覚えた。

それでいて、恋人同士のように身体を寄せ合う二人から目を逸らせなくなる。

「俺にすればいいのに。大事にするよ」

やがてそんな声が聞こえてきたかと思うと、自らランハート・ガードナーの胸元に顔を埋めたグレースを見た瞬間、頭の中が真っ白になった。

まさかあの男のことを、好きになったのだろうか。

俺の知るグレースという女性は、誰にでもあんな風に身を委ねたりはしない。だからこそ余計に、焦燥感が込み上げてくる。

「ウィンズレット公爵様？　大丈夫ですか……？」

心配げな声で我に返った俺の口からは、乾いた笑いが漏れた。

——グレースの言う通りに三ヶ月、距離を置いているのだから、俺は今も恋人という立場であり、彼女を責める権利がある。

それでもこの場から動けずにいたのは、あの男を好きになったと告げられるのを想像し、怖くて仕方なくなったからだ。

不安が胸に広がり、自分にこんな弱さがあることを初めて知る。

俺がこれまでグレースに「別れたい」と言われても強気でいられたのは、彼女が本当に俺と別れたいわけではないという、確信があったからだった。

「クライヴ嬢、すまない。戻ろうか」

「は、はいっ」

俺の少し後ろを歩く彼女はまだ具合が悪そうではあったものの、会場につくなり、その様子に気付いたらしい友人達に囲まれていた。

無理に酒を飲まされたというのは周知の事実らしく、周りからは「助けてあげられなくてごめんね」「姿が見えなかったから心配していたの」としきりに声を掛けられている。

「あの、公爵様、ありがとうございました」

「ああ」

これでもう大丈夫だろうとその場を離れた途端(とたん)、急ぎ足で俺の元へやってきたのは、友人のボリスだった。

「おい、捜したぞ。今のって、お前が最近親しいって噂になっている女性か？」

「……そんな噂があるのか？」

「やっぱり知らなかったんだな」

呆れたように笑うボリスは、グレースと別れた俺がシャーロット・クライヴ嬢と親しくしている、乗り換えたなどという噂が社交界で広がっていると話してくれた。

もちろんそんな事実などないし、そんなつもりもない。勝手なことを言われるのには慣れているし、これまでも気にしたことはなかった。

だが、この噂がグレースの耳にも入っているかもしれない、今の出来事も余計にその噂の拡散に拍車をかけるかもしれないと思うと、不安に似た感情が込み上げてくる。

「で、なんでそんなにこの世の終わりのような顔をしているんだ？」

「……庭園でグレースとランハート・ガードナーを見かけた」

抱き合っていたとまでは口に出さずとも、俺の様子からある程度は察したのか、ボリスは形の良い眉を顰めている。

「最近お前から彼女の話を聞かないし、嫌な予感はしていたんだが……最近は悪い噂も無くなっていたから、意外だったよ。ゼインを好きになって更生したのかと」

「…………」

以前の悪評まみれのグレースについては噂で聞く話が大半だったものの、俺が知る彼女とはまるで別人で、未だに全てを信じられずにいる。

強欲とは真逆で無欲そのものの彼女は、男好きで遊んでいたなんて話を聞くと笑ってしまうくらい純粋で初心で、可愛らしい女性だった。

「以前、お前に紹介した諜報員を使ってみるのはどうだ？」

「ずっと使っている」

「は？」

「彼女の監視をさせていた」

そうして例の諜報員——アルフレッドという少年に彼女の監視をさせた結果、何らかの理由があって俺と別れたがっていることや、ランハート・ガードナーとも浮気をしているように見せかけているだけだということを知ったのだ。

浮気の件はフリだと分かっていても、嫉妬して苛立ち壁に穴を開けてしまったが。

最近は逃げる彼女を追いかけるために使っていたと話せば、ボリスはぽかんと間抜け面をして、俺の顔をじっと見つめていた。

「なんというか俺の知っているゼインは、ほんの一部だったんだなと驚いてるよ」

ボリスとは幼少期からの付き合いであり、お互いによく知る仲だ。

そんな彼がそう言うくらい、意外だったらしい。

「そもそも、使い方を間違えてるって。お前じゃなかったら犯罪だぞ。いや、流石のお前でもアウトか？　少し彼女に同情するよ」

「……俺だって、好きでこんなことをしているわけじゃない」

最初は純粋にグレースの人となりについて、調べるつもりだった。

だが、彼女が予想外の行動を取り、俺と別れようとし始めたことで、そうせざるを得なくなったのだ。こうして追いかけなければ今頃、彼女は俺の元から去っていただろう。

「でも、今はランハート・ガードナーと本当に浮気していたんだろ？」

「………」

「お前もこれを機に、少しは他の女性に目を向けてみても良いと思うがな。さっきの女性だってかわいい顔立ちをしていたし。それくらいは思うだろ？」

「特に何も思わない」

そう即答すればボリスは信じられないという表情をして、目を瞬く。

「本気で言ってるのか？　グレース嬢しかかわいく見えないとか言わないよな」

「ああ。グレース以外の女性の顔を意識して見たことがないし、彼女以外をかわいいとも思わない。今だって体調が悪いと言うから少し付き添っただけだ」

はっきりそう告げれば、ボリスは一瞬きょとんとした顔をした後、ぷっと吹き出した。

「いやあ、純愛だね。恐れ入ったよ」

「馬鹿にしているのか？」

「まさか。親友には心から愛する女性と幸せになってもらいたいと思ってるよ」

ボリスのその言葉に嘘がないことも、分かっている。

両親が亡くなった時も、誰よりも親身になってくれたのはボリスだった。

「とは言え、相手の同意は必要だがな。それで、これからどうするんだ？　グレース嬢と話をするんだろう？」

「一ヶ月後に」

「は？」

「三ヶ月、彼女と距離を置いているんだ。あと一ヶ月残っている」

「いやいや、散々抵抗(ていこう)していたくせに、どうしてそんな話を受け入れたんだ？」

「……グレースは意味もなく、そんな提案をする女性ではないからだ」

そんな彼女が辛そうな顔をしながら別れを切り出すことにも、俺を傷付けると分かっていながら様々な行動を起こすことにも、理由があるのは分かっている。

だが、別れることだけは受け入れられなかった。

そうしてしまえば、彼女が俺の手の届かない場所へ行ってしまう気がしたからだ。

――先日、彼女が経営する食堂にアルフレッドと共に行ったことを思い出す。

陛下にお借りした魔道具で姿を変えていたため、二人で会話をしてもグレースは俺だと気付いていないようだった。

『実は、こうしてお店をやるのが子どもの頃からの夢だったんです』

『子ども達の笑顔を見たら心から嬉しくて、泣いちゃったんです』

涙ながらに、けれど嬉しそうにはにかみながらそう話す彼女がどれほど優しく、思いやりのある女性なのかを改めて思い知らされていた。

そして自分の行動が正しいのか、不安にもなった。

だからこそ、距離を置きたいという願いだけは受け入れたのだ。

「お前は本当に、グレース嬢のことを心から信じているんだな。ついさっきも他の男と一緒にいるところを目撃(もくげき)したっていうのに」

あんな決定的な場面を見ても、何か事情があるのかもしれないと思えるくらい、これまで一緒に過ごしてきた彼女は、まっすぐで信頼(しんらい)できる人間だった。

「だが、なんで三ヶ月間なんだ？」

「さあ？　三ヶ月会わなければ、俺の気持ちが変わると思っているんじゃないか」

「何だそれ」

彼女は以前から、まるで俺が、グ、レ、ー、ス、以、外、の、誰、か、を、好、き、に、な、る、の、は、間、違、い、な、い、と確信しているようだった。

彼女自身もそれを望んでいるような顔をしながらも時折、俺を好いているとしか思えない態度を取るのだ。本人に自覚がない分、余計にたちが悪い。

それこそ、そんな部分だけは悪女だと思えるくらいに。

「三ヶ月も会えないのは辛いだろうに」

「ああ。だが長い人生のうちの三ヶ月くらい、耐(た)えられる」

そう答えれば、ボリスは呆れたように肩(かた)を竦(すく)めた。

「長い人生のうち、か。まるでグレース嬢と一生一緒にいるような口ぶりだな」

「俺はそのつもりだよ」

最初はマリアベルの命を救ってくれた礼として、彼女が飽きるまで恋人ごっこに付き合うだけのつもりだった。

だが今は本気で彼女を想っているし、軽い気持ちで傍にいるわけじゃない。

「……グレース嬢も、厄介な男に目を付けられたな。ま、頑張れよ」

後悔だけはないようにしろと言い、ボリスは俺の肩を叩いた。

ボリスと別れ、マリアベルの待つ屋敷へと向かう馬車に揺られる。

あれからグレースが会場へ戻ってくることはなく、今頃もランハート・ガードナーといるかもしれないと思うと、胸を刺されるような痛みを覚えた。

「……本当にどうしようもないな」

一ヶ月後、グレースに他の男性を——ランハート・ガードナーを好きになったから別れたいと告げられたら、俺はどうするのだろう。どうすべきなのだろう。

自分の感情を押し付けて無理やり彼女を引き止めるのが正しいとは、思えなかった。

——悩んだところで幸せを願って離れられる段階など、とうに過ぎているというのに。

【幕間】

とん、ととん、と軽快なダンスステップを踏むように、少女は軽い足取りでクライヴ子爵邸の薄暗い廊下を歩いていく。

少し後ろで彼女を見つめていた黒髪の青年は、黒曜石のような瞳を柔らかく細めた。

「シャーロット様、ご機嫌ですね」

「ふふ、だって嬉しいんだもの。大好きなゼイン様にたくさん触れちゃったし、初めて名前を呼ばれちゃった」

ドレスのスカートを靡かせくるりと振り向いたシャーロットの表情は、まさに恋する乙女そのものだ。青年はつられて笑みをこぼし、両頬を手で覆う彼女を見守る。

「でも、クライヴ嬢って他人行儀よね。本当はシャーロット、って呼んでほしいのに」

「次にお会いした時、そうお願いをしてはどうですか？」

「だめよ、ゼイン様は女性からぐいぐい来られるのが好きじゃないキャラだから」

明るい栗色の髪を靡かせながら、シャーロットは再び歩みを進めていく。

「あーあ、グレースは楽でいいなあ。マリアベルが惨殺されたお蔭で、ゼイン様と仲良くなれるんだもの。……でも、マリアベルがまだ生きているのもおかしいのよね。そこからおかしくなっちゃったのかしら？」

人差し指を口元に当て、シャーロットは首を傾げる。

「ゼイン様もマリアベルが死んでグレースに捨てられて心を閉ざすはずなのに、冷徹公爵なんて呼ばれていたのが嘘みたいに優しいし」

シャーロットは「はあ」と深い溜め息を吐くと歩みを止め、青年へと視線を向けた。

「ねえ、イザーク。私、疲れちゃった。部屋まで運んでくれる？」

そんな命令を当然のように、まるで小さな鞄を持たせるくらいの感覚で言ってのけると、青年――イザークはふわりと微笑んだ。

「かしこまりました」

シャーロットの元へ近寄り、宝物に触れるように華奢な身体に手を回し、慣れた手つきでそのまま抱き上げる。

彼女の方も遠慮なく首に手を回し、自然に身体を預けている。

「小説だとそろそろ二人でお茶をする機会もあるはずなのに、全然上手くいかないわ」

「やはり、グレース・センツベリーのせいでしょうか」

「多分ね。ゼイン様とまだ別れていないみたいだし、おかしいことばかりだもの。第二王女の婚約を祝う舞踏会の日に二人は別れるはずだったのに」

心の底から同情するように哀れむように、目を伏せる。

「可哀想なゼイン様はね、グレースに洗脳されているだけなの。だから私が早くそれを解いてあげないと」

「グレースさえいなくなれば、シャーロット様の心は晴れますか？」

「確かにそうなれば楽だけれど……でもグレースのこと、私は嫌いじゃないの。だってああいう悪役がいるからこそ、ヒロインの私が輝くんだから」

窓越しに夜空に浮かぶ月に手を伸ばし、掴むように手を握りしめる。

そんなシャーロットに、イザークは熱を帯びた眼差しを向けていた。

「僕があなたを誰よりも輝かせてみせます」

「ふふ、ありがとう。でも、悪いことはしちゃだめよ？」

「――はい。全て上手くやってみせます」

「イザークはいい子ね。私のためならどんなことでもしてくれるんだから」

子どもを褒めるように艶やかな黒髪を撫でながら、シャーロットは満足げに微笑んだ。

6　見えない星を探して

ゼイン様とシャーロットを目撃し、大泣きしてしまった舞踏会から半月が経った。

「おねえちゃん、どうもありがとう」

「どういたしまして。また来てね」

今日も食堂を利用した子ども達を外まで見送り、笑顔で手を振る。

気軽に行ける場所だと認識してくれ、話も広がったようで、最近はたくさんの子どもが利用してくれるようになっていた。

みんな美味しかったと心から喜んでくれて、そのたびに胸が温かくなる。

和風テイストの料理や元の世界のランチセット形式や盛り付けも好評で、一般客のリピーターも多く、経営の方も驚くほど順調だった。

先日の男性が言っていた通り、子ども達のためにというお客さんも多く、売り上げ面でも心理的な意味でも救われている。

「この料理、三番テーブルに運んできますね」

「ええ、ありがとう」

騎士の仕事しかしたことがないというエヴァンも食堂の仕事が楽しいらしく、積極的に手伝ってくれている。

あまりにも剣を使わなすぎて、どこに置いたか忘れるくらいだ。大丈夫だろうか。

そんなことを考えながらエヴァンの姿を見つめていると、彼から料理を受け取った女性客達は頬を赤く染め、話しかけていた。

こうしてエヴァン目当てでくる女性客も、やはり少なくない。

「エヴァンさんって、休日は何をされてるんですか？」

「カジノで金をばら撒いたり、朝まで酒を飲んだりしていますよ。絡んできた奴らをボコにしたりとか」

「…………」

そしてエヴァンは女性客のファンを順調に増やし、順調に減らしていた。

お父様も彼の給金は多すぎるくらい払っているから好きにしていい、とにかく側に置けと言ってくれており、そのお言葉に存分に甘えている。

「お嬢ちゃん、注文いいかい？」

「はーい、ただいま！」

もちろん私もなるべく店に出るようにしていて、毎日がとても充実していた。ヤナとハニワちゃんも手伝いをしてくれており、いつも一緒だ。

お父様が甘いせいで侯爵令嬢ながら自由もきくし、きっと夢が叶うってこういうことなんだろうと思ったりもしていた。

「……はあ」

ゼイン様は、舞踏会の日以来見ていない。もちろん連絡も取っていないし、きっとシャーロットと上手くいっているはず。

あと半月で距離を置く期間の三ヶ月が経つけれど、もうそんな約束だって意味はないだろう。

そんなことを考えるたび、胸が痛くなるのもいつものことだ。

けれど、こうして忙しなく働いていると、色々なことを忘れられて良かった。

「こんにちは」

「あ、イザークさん！　また来てくれたんですね」

そんな中、やってきたのはイザークさんだった。以前はゼイン様と険悪な空気になってしまったものの、あの後もこうしてたまに食事をしに来てくれている。

ゼイン様には気を付けろと言われたものの特に何事もなく、ただ他愛のない話をしては帰っていくだけ。

むしろ子ども達が喜ぶようなおもちゃや本も持ってきてくれて、従業員達からも人気だ。

「ふふ、なんだかご機嫌ですね」

注文をとり終えた後そう声をかければ、イザークさんは柔らかく目を細めた。

「そう見えますか？　最近、良いことがあったんです」

「ええ。どんな良いことが？」

「実は色々と邪魔をしてくる厄介な人間がいたのですが、いなくなったようでして」

「わあ、それは良かったですね」

優しいイザークさんがそう言うのだから、よほど迷惑な存在だったのだろう。

「はい、お蔭様で。食堂が上手くいくよう、これからも応援していますね」

「ありがとうございます！」

つられて嬉しくなった私はぺこりと頭を下げると、厨房へ向かった。

「私が代わるから、そろそろアニエスは休憩に入っていいわ」

「はーい。オーナーも休んでくださいね」

「ありがとう」

従業員でありミリエルで暮らす平民の彼女は十六歳で、明るいムードメーカーだ。エヴァンさんって顔は良いけど色々おかしいですよね、といつも言っている。

ありがたいことに予想以上に忙しく、彼女の他にあと二人雇っているけれど、みんな働き者で良い子で、とても助かっている。

私は包丁を手に取り、無心でサラダ用の野菜を切っていく。

「…………」

本来の小説通りの未来に向けて動いており、私自身の夢も叶った充実した日々。

それなのに、心のどこかにぽっかりと穴が空いた感覚は消えないままだった。

今日は食堂の定休日のため、お菓子作りをしたりのんびりしたりと好きに過ごそうと思っていたのだけれど。

「お前さ、マジでこいつはやめた方がいいぞ」

「俺もそう思います」

「ぷぽ！　ぴぱぴ！」

「みんな失礼だなあ。ハニワも絶対に俺の悪口言ったよね、今」

何故か私の自室にて、謎のメンバーでのお茶会が開催されていた。私とエヴァン、ハニワちゃん、そして突然やってきたランハートとアルの四人と一体でテーブルを囲んでいる。

「グレースも何か言ってよ。俺、そんなに悪くないよね？」

「……し、知らない」

エヴァンとは反対側の隣に座るランハートは、さりげなく私の腰に手を回してくる。

私はその手をべりっと剝がすと、ガードマンとしてハニワちゃんを間に置いた。

『君が泣いているのは、すごく嫌だと思った』

『俺にすればいいのに。大事にするよ』

先日大泣きしたことや彼の言葉が頭から離れず、恥ずかしくて顔を見られずにいる。

ランハートもそれを分かっているようで、先程からわざと触れたり甘い言葉を口にしたりしては、私の反応を見て楽しそうにしていた。

「ぱぴ、ぴぺ！」

もちろんハニワちゃんは怒り心頭で、たくましい腕を作り出している。

ランハートも流石にまずいと思ったらしく、指先をハニワちゃんの方へ向けると、水でできたバリアのようなものを作り出した。

「これでこっちには来られないね」

「ぷ……ぷぷ……」

「えっ？ランハートって、魔法が使えたの？」

「少しだけね。色々と困らない程度に」

よく考えると私はランハートについて知らないことばかりだと、実感する。

それを口に出せば、彼は形の良い唇で綺麗な弧を描いた。

「じゃあこれからは俺のこと、もっと知っていってよ」

「え、ええと……自己紹介でもしあう？」

「君は本当に色気がないね。デートしようよ、ちゃんとしたの」

正直、今はそんな気分ではなかったし、食堂のこともある。何より今は異性と、という気持ちにはなれず、申し訳ないけれど断ろうとした、時。

「これまで使ってなかった君へのお願い、ここで使うね」

「全力でデートに臨ませていただきます」

こうして来週末、ランハートと「ちゃんとした」デートをすることになってしまった。

食堂での仕事を繰り返すうちに、時間は恐ろしい程のスピードで過ぎていく。

「お嬢様、明日のデートのドレスはどうなさいますか？」

「デート……デートって何なのかしら……」

そしてあっという間にランハートと出掛ける前日の夜を迎え、私は頭を悩ませていた。

「何の企みもなく異性と出掛けるのは初めてだから、どうしていいのか分からなくて」

「それ、自分で言ってて虚しくなりませんか？」

「やめて」

これまではゼイン様と出掛けるのは小説の流れに乗るため、ランハートと出掛けるのは浮気のフリをするためと、散々な理由を元に行動してきた。

　エヴァンの言う通り、少しでも気を抜くと虚しさと罪悪感で押し潰されそうになる。

「俺に何か手伝えることがあれば言ってくださいね。あっ、またリスト作りますか？」

「全力で必要ないわ」

　ゼイン様と初めて出掛けた日、エヴァンの作った「ゼイン様と距離を縮めるための10の目標リスト」を見られてしまったことを思い出す。

『──君は俺と、こういうことをしたいのか？』

　誤解した彼によって壁ドンされた私はパニックになり、泣いて逃げ帰ってしまったのだ。

　とんでもない黒歴史だけれど、先日何度もキスされた時に泣き出さずに済んだのは、少しの成長──と言うより、自身の気持ちの変化が大きいことを実感してしまう。

「確かにランハート様なら、こちらが準備しなくても距離を縮めてきそうですもんね」

「そういう意味の必要ないじゃないんだけど」

　冷静に突っ込みつつ、真面目にドレスを選んでくれているヤナの元へ移動する。

「本気で告白されたらどうするんですか？」

　それでもエヴァンの疑問は尽きず、背中越しにそんなことを尋ねられた。

「告白なんてされないから、大丈夫よ」

　先日はうっかりドキドキしてしまったけれど、ランハートも以前「全部遊びだよ」と言っていたのだ。甘い言葉を鵜呑みにしては、逆に困らせてしまうだろう。

自分で尋ねておきながら「ふーん」「へー」と興味なさげに呟いたエヴァンに少しの苛立ちを覚えていたけれど、やがて彼は「あ、そうだ」と再び口を開いた。

「そういえば昨日、公爵様に会いましたよ」

「えっ？」

確かに昨日、エヴァンは午後から用事があると言って出掛けていたけれど、まさかその場にゼイン様もいるとは思わなかった。

色々気になることはあるものの、平気な顔をしてアクセサリーボックスを開ける。

「明日、時間があれば朝から討伐に参加してほしいと言われたのですが、お嬢様とランハート様のデートの護衛があるので無理ですとお断りしました」

「…………」

間違ってはいないし事実だし、今回に関してはアシストにすらなっているけれど、胸の鼓動が乱れてしまうのが分かった。

「何か、言ってた？」

「そうか。仲が良いんだな、とだけ」

「……そう」

どうしてこんなことを尋ねてしまったんだろうと三十秒前の自分を恨みながら、私はずっと一番手前にあったイエローダイヤモンドのネックレスを奥にしまいこんだ。

　翌朝。いつもよりも早く起きた私は、ハニワちゃんと庭で軽く魔法の練習をし、ゆっくりと湯船に浸かって汗を流した後、ヤナによって丁寧に身支度をされた。

「お嬢様、とてもお綺麗ですよ」

「ありがとう」

　全身鏡へと視線を向ければ、気の強そうな派手な悪女——まさに私の知るグレース・センツベリーがそこにいた。

　夜空のような深い紺色のドレスを着た私の耳元では大きな宝石のついたピアスが、首元には揃いのネックレスが輝いている。

　大きな目を縁取る濃いアイラインや赤い唇が、美しい顔を引き立てていた。もうギャップ作戦をする必要はないけれど、まだ小説でのグレースの退場の時期ではない。

　何よりランハートは私の見た目と中身のギャップが好きだと言っていたから、この格好が良いだろうと思ったのだ。

「……なんだか、落ち着かないわ」

　それでも最近はあまりこういう格好をしていなかったせいか、違和感を覚えてしまう。

ふと「ゼイン様はどう思うだろう」なんて考えてしまい、慌てて首を左右に振った。

そんなこと、いくら考えたってもう無意味だと言うのに。

「お嬢様、お気をつけてくださいね」

「ええ。エヴァンがいるから大丈夫よ」

デートと言えど、少し離れた場所からエヴァンが見守ってくれることになっている。

普通なら男性側も嫌がるのではと思ったけれど、ランハートは「全然気にしないよ、安心だね」「俺は見られるのも好きだし」とよく分からない怖いことを言っていた。


やがてランハートが迎えに来てくれて、二人で馬車に乗り込む。

「今日も綺麗だね、ドキッとしたよ」

「ありがとう」

「あまり信じてないって顔、悲しいんだけど」

「誰にでも言ってそうだもの」

「酷いな。最近は減らしてるのに」

言っていないではなく減らしている、なのが何ともランハートらしい。

それからは馬車に揺られて向かった街中で、ランチをした。隠れ家的な、けれどかなり高級感のあるお店で、なんと王族もこっそり使うことがあるんだとか。

「よく来るの？」

「ううん、滅多に来ないよ。大切な相手しか連れてこないし」

「そ、そう」

さらりとそう言ってのけたランハートの言葉を全て鵜呑みにしていたら、心臓が持たない気がした。適当な返事をして、別の話題を振る。

「この後はどうする予定なの？」

「行きたい店があるからそこに寄って、その後は二人でゆっくり過ごしたいな。いい？」

「ええ、私は何でも」

デート初心者のため、こうして完全リードしてもらえるのはありがたい。何よりランハートに任せれば楽しめるだろう、という安心感があった。

デザートまで美味しくいただき、満腹で幸せな気持ちのまま向かったのは、お洒落なセレクトショップのようなお店だった。

ドレスからアクセサリー、見るからに高級な家具まで揃っており、紹介制らしい。

「これ、君に似合いそうだね」

「た、確かに……わあ、かわいい」

私に似合うドレスやアクセサリーを選んでくれたランハートは、服から靴まで何もかもお洒落だといつも思っていたけれど、やはりセンスがとても良い。

どれも私にぴったりで素敵で、胸が弾む。とは言え、貧乏性の私はお値段が気になり、何かひとつだけ買おうかなと悩んでいる間に、彼は全てお買い上げしていた。

「これくらいプレゼントさせてよ。俺がこれを着た君を見たいだけだから」

流石に申し訳ない、お金は払うと戸惑う私を見て、ランハートはくすりと笑う。

「君は本当に変わってるね。そんな反応は初めてだ」

ドレスは屋敷に送るよう手配したと言い、再び私の手をとって店を後にする。

「この後は二人きりでゆっくりできる場所に行こうか」

「え、ええ」

どこへ行くのだろうと気になりながら再び馬車に乗り込めば、行きとは違い、ランハートは私のぴったり隣に腰を下ろしていた。

その手には、先ほど買ったばかりの大粒のアメジストが輝く髪飾りがある。

「これ、つけてみてもいい？」

「いいけど、今の髪型のままじゃ合わないかも」

「俺に全部任せてくれる？」

よく分からないものの頷けば、ランハートは何の迷いもなく、ハーフアップにしていた私の髪を解いた。

そして慣れた手つきで、髪をまとめていく。一体、何人の女性の髪にこうして触れてきたのだろう、なんて考えてしまう。

「グレースの髪って本当に綺麗だよね。目立つから、どこにいてもすぐに見つけられる」

時折、首筋に触れる手がくすぐったくて、恥ずかしくて。私は返事もできず、膝の上でぎゅっと手を握り、石像のように固まっているだけ。

「首筋まで真っ赤だ。かわいい」

「も、もう大丈夫です！　自分でやります！」

「ごめんごめん、もういじめないから」

耐えきれず反対側の席に逃げ出そうとしたところ、慌てて謝られる。ランハートらしくない慌てた声に内心驚き、浮かせかけた腰を再び下ろす。

それでも、いじめるなんて酷いと文句を言えば、「本当にごめんね」と繰り返した。

「君があまりにも純粋でかわいいから、意地悪したくなっちゃうんだ」

「…………」

「それに君は最初、全く俺を意識してくれてなかったから、こうして反応してくれるのが嬉しくて。ごめんね」

その様子から冗談ではないのが伝わってきて、何も言えなくなる。ランハートは私の態度が変わったと言うけれど、私よりも彼の方が変わったように思う。

うまく言えないものの声色だって態度だって、ずっと優しくなった。元々ランハートは色々と協力してくれて優しかったけれど、そういう優しさとは違う気がする。

「できたよ、やっぱり綺麗だ。よく似合ってる」

窓に映る自身の姿を見ると髪は綺麗に結い上げられており、器用だと感心してしまう。

照れくさい気持ちになりながらもお礼を伝えれば、嬉しそうに微笑んだランハートにつられて、思わず笑みがこぼれた。

そうして馬車に揺られ一時間ほどで着いたのは、ベナーク湖という大きな湖だった。

デートスポットとして有名らしく、湖には美しいスイレンの花が咲き誇っている。

「わあ、とても綺麗！　それにしても混んでいるのね」

「今は一番、綺麗な時期だからね」

観光客のような人々からカップルまで、大勢の人で賑わっていた。

小舟の乗り場はかなり混雑していて列までできており、とても二人きりでゆっくりできるような雰囲気ではない。

とは言え、私は並ぶのは苦ではないし小舟に乗るのも未経験で、どんな状況でも楽しめるだろうとワクワクしていた、けれど。

「俺達はこっち」

「えっ？」

ランハートは私の腕を引いて人々が並んでいる場所とは反対方向へと歩いて行き、やがて着いたのは別の湖だった。

同じくスイレンが咲き誇る美しい湖ではあるものの、人気はない。

その上、用意されていたのは先ほど人々が乗っていた可愛らしい小舟とは違い、ひと回り以上大きくて豪華な美しい船だった。

「ここなら二人きりで、ゆっくりできるから」

「う、うわあ……」

ランハートの完璧なデートコースを前に、私はときめきよりも恐怖を感じ始めていた。

ここまで女性の喜びそうなことを簡単にやってのけるなんて、恐ろしすぎる。これまでどれだけの女性を落としてきたのだろう。

そんなことを考えながら船に乗り、ランハートと向かい合って座る形になる。

「今日は天気も良いし、風が心地いいね」

水面がキラキラと輝き、花の美しさも相俟ってとても幻想的だ。

けれどそれ以上に、その光景を眺めるランハートが綺麗で、つい見惚れてしまう。

「なに？　そんなに熱い視線を向けられると緊張するんだけど」

絶対に緊張なんてしていないと思いながら、じとっとした視線を向ける。

「ただ、みんなあなたを好きになってしまうだろうなと思って」

「そんなことはないよ。現に君は俺を好きになってくれないし」

　頬杖をつき、涼しげな表情でそう言ってのける。

「……今はまだ、誰かを好きになる余裕なんてないもの」

　ゼイン様のことだってまだ完全に解決したわけではないし、あの二人が結ばれた後も、私には死にかけるというイベントが待ち受けているのだ。まだまだ油断はできない。

「それに私は恋をしたとしても、遊びなんて嫌だわ」

　そう告げれば、ランハートは「でも」と続けた。

「君が俺を好きになってくれたら、ずっと大切にする自信があるんだ」

「……っ」

「これは誰にでも言っているわけじゃないよ」

　真剣な眼差しから、目を逸らせなくなる。その表情や雰囲気から、その言葉が本当なのだと思い知らされていた。

　私の知る軽薄で女好きなランハート・ガードナーとはまるで別人で、心が騒ぐ。

「俺、結構本気で君のこと良いなと思ってるから」

「ど、どうして……」

「グレースみたいな人に好きになってもらえたら、きっと幸せなんだろうなって。一生懸命になってもらえる公爵様が羨ましいと思った」

もう「どうして」とも「冗談はやめて」とも言えなかった。

髪飾りの宝石に似た彼の瞳には少しだけれど、でも確実に熱が宿っていたからだ。

いつも金色の瞳が私に向けるものと、きっと同じだった。


そわそわした気持ちのまま湖での時間を過ごした後は、近くのカフェに入った。

「このフルーツのケーキが美味しいんだって。こっちの紅茶とよく合うらしいよ」

「詳しいのね」

「来るのは初めてだけどね。女性が好きそうなものを調べさせたんだ」

普通はそうだろうな、なんて思いながら頷く。

『グレースお姉様、ご存じですか？　お兄様ってば、お姉様が好きそうなお店を探すために、まずはご自分で一度食べに行かれるんですよ』

『……聞かなかったことにしてくれないか』

そんなやりとりを思い出し、静かに胸が痛む。

いつまでも引きずって思い出に浸って本当にどうしようもないと思いながら、やがて運ばれてきたケーキにフォークを刺し入れる。

美味しいはずの高いケーキも紅茶も、あまり味が分からなかった。

　カフェを出た頃、既に空は茜色に染まり、日が暮れ始めていた。

「この後はどうする？　俺はまだ君と一緒にいたいんだけど」

　馬車に向かって歩きながらそう尋ねられ、返事に迷ってしまう。

　ランハートは、とても素敵な人だ。自身のことをクズだなんて言っていたけど、私はそうは思わない。今日だって一緒にいて気楽で、とても楽しかった。

　彼に対して恋愛感情を抱いてはいないけれど、この先は分からないとも思う。

『俺にすればいいのに。大事にするよ』

　きっと彼を好きになったら、この胸の痛みもなくなる。ふとした時にゼイン様のことを思い出すこともなくなる。

『本当に俺を好きになればいい。そうしたら優しい公爵様は強く出られないよ。本気で君を好きだからこそね』

『諦めもつくんじゃないかな。好きな相手に別の好きな人間がいるのは、何よりも辛いことらしいから』

　何よりゼイン様がシャーロットと上手くいっていたとしても、私に対する好意がいきなりゼロになるとは思えない。他にも背中を押すようなきっかけは必要だろう。

　色々と考えた末にこくりと頷けば、ランハートは長い睫毛に縁取られた目を瞬かせた。

「本当に？　ダメ元で言ったんだけど。今日も半ば無理やり誘ったし」

どうやら私がＯＫするとは、全く思っていなかったらしい。

嬉しそうに微笑んだ彼に手を引かれ、馬車に乗り込んだ。当たり前のように隣に座ったランハートは、私の顔を覗き込む。

「どこに行きたい？」

「私は全然分からないから、あなたに任せるわ」

ランハートは「うーん」と顎に手を当てて悩む素振りを見せ、今日にしたんだ。でも突然、

「本当は祭りが催される王都の外れの街に行こうと思って、今日にしたんだ。でも突然、近くのラヴィネン大森林で魔物が一気に湧いて、中止になってさ」

「――え？」

信じられない言葉に、頭が真っ白になる。

だってそれは、小説なら本来もっと先――ゼイン様とシャーロットが結ばれて数ヶ月ほど経った後に起こる事件だからだ。

「……どうして」

確か無限に湧く魔物に苦戦するゼイン様をシャーロットが助ける、というものだった。

ゼイン様が魔物を斬り伏せ、シャーロットが原因である魔道具を特定して破壊し、二人が初めて協力して戦うシーンでもある。

そして昨日、エヴァンがゼイン様に討伐に参加してほしいと言われたのは、この事件に

関することだったのだと今更気が付いた。

「どうしよう、このままじゃ……」

私という邪魔者のせいで、二人はまだ小説の展開通りの親密度にはなっていないはず。

その場合、シャーロットがゼイン様を救いに行くという展開だって起こらないかもしれない。そして魔道具が原因だということを、誰も知らないのだ。

『なぜ君は原因が分かったんだ？』

『あの木の下から、とても嫌な感じがしたんです』

けれど、ゼイン様が心配で追いかけてきたシャーロットは、愛の力で聖女の力に目覚めかけていたことで、その原因に気付く。

つまりシャーロットがいなければ、いつまでも原因が分からぬまま魔物は増え続け、多くの人々が危機に陥るはず。

けれど、何の力もない私には知識がある。小説で読んだから場所は分かるし、そこへ行って魔道具を壊せば解決するはず。

「グレース？　どうかした？」

心配げに私の顔を覗き込むランハートに向き直ると、まっすぐに見つめた。

「……ごめんなさい。私、行かなきゃ」

私の表情から何かを察したのだろう。形の良い眉根が寄せられる。

「待って。絶対に君、危ないことを考えてるよね？」

制止するように、きつく手首を摑まれる。否定はできなかった。

でも、私の杞憂かもしれない。これまで全てが小説の流れ通りではなかったし、私達の関係も変わっている今、私が危惧している展開にはならないかもしれない。

事件が起きていないなら、起きていてもシャーロットがゼイン様を救ってくれるなら、それでいい。ただ私が勝手な行動をした馬鹿だったと笑えるのなら、それが一番いい。

でも、もしもそうじゃなかったら、私は絶対に後悔する。

「公爵様のために？」

「ええ」

どこまでもお見通しらしく、私も嘘を吐きたくなくて、正直に頷く。

「もしも公爵様があの子を好きだとしても、君は行くの？」

「行くわ」

救いようがないくらい、迷いはなかった。

「どうして——って、聞くまでもないね」

そしてその理由だって、もちろん分かっている。

ランハートも同じらしく困ったように微笑み、肩を竦めた。

「ごめんなさい」

「いいえ。俺に何か手伝えることはある？」

　こんな状況でそう尋ねてくれる彼は、やはりとても優しい人だと思う。だからこそ余計に罪悪感を覚えながらも、決意が揺らぐことはない。

「ううん、大丈夫。ありがとう。今日、本当に本当に楽しかった」

　私はランハートに摑まれていた自身の手をそっと引き抜くと、馬車から駆け降りた。

「いやあ、びっくりしましたよ。いきなり馬車が停まったかと思うと、いきなりお嬢様が飛び降りてきたんですから。しかも魔物退治に行くなんて、破天荒すぎます」

「本当に返す言葉もないわ」

　馬車から降りた後、すぐに護衛をしてくれていたエヴァンと合流し、事情を説明した。

　例のごとく何の証拠もないまま「魔物が大量発生していて、その原因は穢れた魔道具だから壊しに行きたい」とだけ話したところ、「それは大変ですね、行きましょう」とあっさり頷いてくれたのだ。

　そうして馬でラヴィネン大森林の近くまで移動した後は、エヴァンに背負ってもらって移動することにした。

完全に日は落ち、暗闇の中、あちこちから魔物の叫び声が聞こえてくる。とてつもなく不気味で、一人でここにいたら間違いなく泣いていただろう。

エヴァンの存在に自分が救われていることを、改めて実感する。

「……ねえエヴァン、いつも本当にありがとう。私、エヴァンが大好きよ」

「すみません、お嬢様の片想いです」

「ちょっと」

「冗談ですよ。好きじゃなかったら、今も昔も護衛騎士なんてとっくに辞めていますす」

「えっ」

予想していなかったエヴァンの言葉に、口からは間の抜けた声が漏れる。

もちろん今の「好き」は恋愛の「好き」ではないことは分かっていた、けれど。

いつも何を考えているか分からない飄々としたエヴァンが、はっきりと私に対して好意を口にしてくれたのは、初めてだったからだ。

嬉しいと思うのと同時に、驚いてもいた。二年も護衛騎士をしていたのだし、散々な目に遭わされていた元の悪女グレースにも、好意を抱いていたということになる。

彼の実力なら仕事はよりどりみどりだろうし、賃金だけで続くような仕事ではないことも分かっていたけれど、こうしてはっきりと聞くとやはり戸惑ってしまう。

「元の私も好きだったの？」

「はい。あんなに分かりやすくて素直な人もいませんから。楽ですよ」

あっさりとそう言ってのけたエヴァンは、やはり大物だと思う。

「魔物の数が増えてきましたね。そろそろ避けて移動するのも限界かもしれません」

ちらほらと騎士の姿も見えてきて、彼らがひどく憔悴しているのが分かる。倒しても倒しても魔物は無限に湧いてくるのだから、消耗する一方だろう。

目的地は森で一番高い木の下だ。けれど原因である魔道具の近くは、そこから生まれた魔物で溢れているはず。

エヴァンに魔物を倒してもらい、私が隙を見て魔道具を壊すしかない。騎士達に協力を仰ぐかどうかも悩んだけれど、やはり説明できないことが多すぎる。

そして何より、大きな問題がひとつあった。

「ねえ、瘴気を浴びたらどうなるかしら」

「量によっては死にますすよ。少量なら病にかかるかもしれないくらいですかね」

「……そう」

魔道具もまた、瘴気に包まれているのだ。けれど、聖女の力に目覚める直前のシャーロットには効かなかったという設定がある。ヒロインはいつだって、ご都合主義に守られていた。

つまり彼女以外の誰が壊しても、瘴気を多少なりとも浴びることになってしまう。

「瘴気について気になることでもあるんですか？」

「ううん、何でもないわ」

こんな役割を誰かにお願いすることなんてできないし、自分でやるしかなかった。

ないと言えば嘘になるけれど、ゼイン様に何かある方がずっとずっと耐えられない。怖く

グレース・センツベリーは悪運だけは強いし、何とかなると信じたかった。

やがて魔道具が埋め込まれた大木が見えてきたところで、エヴァンは私を下ろした。

視界には夥しい数の魔物がおり、ぞっと鳥肌が立つ。

「うわ、酷い数ですね。ここからは魔物を倒しながら目的地に進んでいくので、お嬢様は俺のぴったり後ろから追いかけて来てください。半径二メートル以内は必ず守ります」

「分かったわ、ありがとう。お願いだから無理だけはしないでね」

「はい、これくらい任せてください。俺は強いので」

こんな時でも余裕たっぷりでいつも通りのエヴァンに、少しだけ緊張が解れる。

「やっぱり、シャーロットは来ていないのね……」

小説では夜が更ける前に解決していたし、展開通りに進んでいないのは明らかだ。

やはり私がやるしかないと、何度か深呼吸をし「もう大丈夫」と声をかける。

「あ、人の声がします。ものすごい速度で近づいてきて、もうこの辺りに来そうです」

　すると東の方角を見て、エヴァンは灰色の目を細めた。

　私には魔物の叫びしか聞こえないけれど、風魔法により聴力がずば抜けたエヴァンには聞き取れたらしい。

　誰かに私達の姿を目撃されては面倒だし、すぐに行こうとした、けれど。

　不意に暗闇の中で何かが光り、それが剣だと気が付いた時にはもう遅かった。

「──ゼイン、様」

　魔物を斬り伏せながらこちらへと向かってきたのは、見間違えるはずもないゼイン様その人で、思わず息を呑む。

　最悪のタイミングだと思いながらも、無事な姿を見ると安堵で泣きそうになる。

「……っ」

　どうか気付かないでと祈り目を逸らそうとした瞬間──間違いなく、目が合った。

　驚いたように目を見開いたゼイン様の唇が「なぜ」という言葉を紡いだのが分かった。

「エヴァン、早く行って！」

　優しいゼイン様は、こんな場所にいる私を絶対に止めるだろう。そして事情を話してしまえば絶対に、自ら魔道具を壊そうとするはず。

　絶対にそんなことはさせないと、私はエヴァンと共に走り出した。

「グルアアァッ！」

「お嬢様、伏せてください！」

倒しても倒しても、すぐに視界は魔物で埋め尽くされる。一緒にいるのがエヴァンでなければきっと、あっという間に死んでいただろう。

返り血で全身を汚しながらも、彼のお蔭で私は傷ひとつないまま木の下に辿り着いた。

「なんて酷い、空気なの……」

聖女の力なんてない私でも、この場の空気がひどく穢れ澱んでいるのが分かった。

呼吸をするのさえ躊躇いながらも、木の根本を必死に手で掘っていく。

「……あった」

やがて古びた鏡が出てきて、息を呑む。

――魔道具というのは、物理攻撃には耐性があるとエヴァンから聞いた。壊すには直接触れ、限界を超えるほどの魔力で溢れさせるのが手っ取り早いと。

「ねえ、エヴァン。魔道具が壊れて私が倒れた後は、すぐに抱えて屋敷へ戻ってね」

「えっ？　どういう――」

エヴァンがそこまで言いかけたところで私は魔道具に触れ、一気に魔力を流し込んだ。

グレースは元々潤沢な魔力を持っており、これまでエヴァンやハニワちゃんと共に魔法の練習を続けてきたことで、魔力の扱いは格段に上達していた。

「う……あ、っ……！」

「いいから、エヴァンは……魔物を倒すことだけに、集中して……っこれは、命令よ」

少し離れた場所で魔物から守ってくれているエヴァンも、異変に気が付いたらしい。

苦しむ私の元へ今にも駆け寄ってきそうで、絶対に巻き込みたくないと、必死に叫ぶ。

仲間や友人だと思っているエヴァンに対して「命令」という強い言葉を使うのは、転生してから初めてだった。

エヴァンは辛そうな顔をしたものの、再び背を向けてくれてほっとする。

私はきつく唇を噛むと、再び魔道具に集中した。

「お願い……壊れ、て……！」

全力で魔力を込めながらも、必死に祈り続ける。

魔道具を握っている手のひらから腕へ黒い痣のようなものが広がっていき、痛くて熱くて苦しくて叫び出したくなる。

小説でのシャーロットはこれほど苦しんでいなかったし、もっと簡単に壊していた記憶があった。

やはり私は端役でしかなく、彼女のようなヒロインにはなれないのだと思い知らされる。

それでも、ここでやめる訳にはいかない。あと少しで壊れるという、確信もあった。

「グレース！　なぜ君がここにいるんだ！」

そんな時、不意に私の名前を呼ぶ声が聞こえてきて顔を上げる。

気が付けばすぐ目の前までゼイン様がやってきており、言葉を失ってしまう。

白い騎士服は血で真っ赤に染まり、ところどころ裂けていることから、返り血だけでなく彼自身のものも少なくないと、すぐに分かった。

これ以上長引けば、いくら強いゼイン様と言えど、傷付き消耗する一方だろう。

「君は一体、何を……」

「っ離れてください！」

信じられないという表情を浮かべ、私の元へ来ようとする彼に対し必死に大声を出せば、ゼイン様の肩がびくりと跳ねる。

けれど、私の様子や手元の痣を見た彼は、迷わず私の元へ向かってきてしまう。

このままではゼイン様にも影響が出てしまうと、全てを出し切るように魔力を注ぐ。

「グレース！」

ゼイン様の手が私の肩に触れるのと同時に破裂音が響き、鏡の破片が飛び散る。

魔道具から発せられていた嫌な感覚は消え、ようやく壊れたのだと悟った。

「……よ、か……った……」

もう声も上手く出ず、安堵して力が抜けた私の身体はそのまま地面へと傾いていく。

すぐにゼイン様が支えてくれ、悲しげな顔で視界がいっぱいになる。

「なぜ君が、こんなことを……」

きっと勘の鋭いゼイン様は、私が何をしたのかすぐに悟ったのだろう。

だんだんと視界が暗くなっていき、もうどこが痛いのか分からないくらい、全身が熱くて軋む。想像していたよりずっと、私の身体は良くない状態な気がする。

やはり端役には荷が重すぎたかと、自嘲してしまう。

ゼイン様は魔法で空高く合図を送ると、縋るように私の手を握りしめた。

転移魔法使いを呼んだとゼイン様は言ってくれたけれど、瘴気を浄化できるのは聖女だけだと聞いているし、どうにかなるとは思えない。

それでも私は返事の代わりに、指先だけでそっと大きな手を握り返す。

金色の瞳が揺れ、やがて彼は私の肩に顔を埋めた。

「……君がいない人生なんて、もう考えられないんだ」

今にも消え入りそうな声が耳に届いた瞬間、私の目からは涙がこぼれ落ちていた。

――ゼイン様はまだ、私を好いてくれている。そう確信した途端、嬉しくて安心して、もう、だめだった。

気付かないふりなんてできないくらい、ゼイン様のことが好きだと思い知っていた。

「この光は一体……？」

その瞬間、視界は眩い金色の光でいっぱいになり、思わず目をきつく瞑る。ゼイン様の戸惑った声が耳元で響く。

温かくて優しい感覚に包まれ、全身の力が抜けていくのが分かった。

柔らかな光は少しずつ消えていき、何が起きたのだろうと呆然としていた私はやがて、自身の身体に起きた異変に気付く。

「……ど、して」

先程まで手に広がっていた痣は消え、痛みも苦しみも嘘みたいに無くなっていた。

自分の身に何が起きたのか、あの光は何だったのか、私には分からない。

それでも。

「た、助かった、みたいです……」

へらりと笑ってみせると、ゼイン様は泣き出しそうな顔をして私を抱きしめた。

私の背中にきつく回された腕も身体も小さく震えていて、どれほど心配をかけてしまったのかと、胸が締め付けられる。

「……頼むから、もうこんなことはしないでくれ」

「ごめん、なさい」

ゼイン様の優しい体温や大好きな匂いに包まれ、じわじわと視界がぼやけていく。

安心するのと同時に、視界がぐにゃりと歪む。

魔力や体力を使い果たし、流石に限界がきたのだと悟った。

「……グレース？　グレース！　しっかり――」

ごめんなさい、大丈夫、ありがとうとゼイン様に伝えたいのに、もう唇さえ動かない。
そしてそのまま、私は意識を手放した。

7 隠しきれない恋心

ゆっくりと目を開ければ、見覚えのない豪華な天井が目に入った。

「……う………」

豪華と言ってもグレースのド派手な部屋とはまるで違い、上品で華やかなものだ。
なんだか随分眠っていたような気がして、頭がぼうっとする。
身体はちゃんと動くだろうかと右手を動かそうとしたところで、それが温かい何かに包まれていることに気が付いた。

「目が、醒めたのか」

視線を右へずらせば、そこには私の手を握りベッドの側の椅子に腰掛けるゼイン様の姿があった。顔色は悪く、目元は少し赤い。
だんだんと頭がはっきりしてきて、森の中で意識を失ったことを思い出していた。
そしてここがウィンズレット公爵邸であることにも、気が付いた。
ゆっくりと身体を起こし、ゼイン様と向かい合う。

「……ごめんな、さい」

やがて口からは、そんな言葉がこぼれ落ちた。思い当たることがありすぎて、もう何に対して謝っているのか、分からない。

別れようとして何度も傷付けてしまったこと、ゼイン様を救おうと勝手で無茶な行動をしたこと、心配をかけてしまったことなど、いくらでもあるけれど。

「ゼイン様が無事で、良かったです」

とにかくほっとして、口元が緩んでしまう。

すると次の瞬間、腕を引かれ、私はゼイン様の胸の中にいた。

「……君は本当にずるいな。怒ろうと思っていたのに、そんな気もなくなった」

どれほど心配してくれていたのかが、声や私を抱きしめる腕、全てから伝わってくる。

「医者は問題ないと言っていたが、こうして君が動いて喋っているのを見るまで、何も手につかなかった」

あれから私は丸二日意識を失っていたらしく、その間ずっとゼイン様は眠っていないような気がして、申し訳なさで胸が痛んだ。

あんなにも瘴気を浴びて苦しんだというのに、どこにも異常はなかったという。にわかには信じられないものの、驚くほど身体が軽い。

──あの時感じた金色の光が、関係しているのだろうか。

「あの、エヴァンは無事ですか⁉」

「彼なら無事だよ、最後まで君を守ってくれていたから。センツベリー侯爵には俺から事情を説明して、我が家で君の治療をしたいとお願いしたんだ」

けれど、あの娘大好きなお父様がそんな簡単に許可をするとは思えない。

そんな疑問が顔に出ていたのか、ゼイン様は眩しすぎる笑顔で続けた。

「俺が君の恋人で婚約をしたいという話までしたら、全て快く受け入れてくれたよ。これまでの男は全員どうしようもなかったが、俺なら信用できるし娘を任せられると」

「??????」

グレースがこれまで遊んでいた相手は絶対にどうしようもない男性ばかりだし、ゼイン・ウィンズレットという人の素晴らしさも評判も、お父様だって知っているはず。

そんなゼイン様を信用しようと思う気持ちだって理解できる、けれど。

「こ、婚約って……」

突拍子もない展開に、驚きを隠せない。

そもそもゼイン様の口から、婚約なんてワードを聞いたのも初めてだった。

「俺は君との将来を考えているし、それくらいは当然だろう」

「えっ……」

まるで通過点だとでも言いたげなゼイン様に、動揺が止まらなくなる。

「だ、だって本当に一切、何の連絡もなくて、それに、シャーロットとキスをして……」

「距離を置きたいという約束を守っていただけだ。──キスというのは？」

「……その、先日の舞踏会で、ゼイン様がシャーロット──様と、庭園でキスをして、抱き合っているのを見たんです」

胸が痛みながらも話せば、ゼイン様は「ああ」と納得したように頷いた。

「酒に酔って倒れかけた彼女を支えただけだ。顔が近づいたせいでそう見えたんだろう」

「えっ？」

「彼女とは何もないし、何とも思っていない」

ゼイン様は真顔ではっきりと言ってのけ、本当にシャーロットに対して恋愛感情がないことも、後ろめたいようなことがないことも明らかだった。

そもそもゼイン様は、そんな嘘をついたりするような人ではない。

「じゃ、じゃあ、本当に勘違いで……」

「ああ」

当然だと言いたげなゼイン様を前に、どこまでもベタな展開すぎて恥ずかしくなる。

けれどあの状況とシャーロットの表情を見る限り、そう思えるのは当然だった。あのランハートですら、勘違いしていたのだから。

──ゼイン様は何とも思っていなくとも、シャーロットはきっと違う。

そしてグレース・センツベリーとしては詰んでいる状況だというのに、心底ほっとしてしまった自分がいた。

「あの場面を君に見られていたとは思わなかったよ。それに俺がクライヴ嬢に気があるとでも思っていたのなら、本気で心外だ。俺はいつだって君しか見ていない」

真剣な表情でそう言われ、胸が高鳴る。

言葉に詰まっていると、ゼイン様は整いすぎた顔を近づけてきた。

「それよりも俺は、君がランハート・ガードナーと抱き合っているのを見て傷付いたよ」

「ええっ」

まさかあの場面をゼイン様に見られていたなんて、想像すらしていなかった。

それこそ、あんな暗闇でランハートと抱き合っていれば、誤解されてもおかしくはない。

何よりあの時は泣いていたせいで、しがみついていた記憶がある。

「君が距離を置きたいというから耐えていたのに、裏切られたんだ」

「ち、違います！　あれは私が泣いてしまったから、で……」

そこまで言いかけた私は、慌ててはっと口を噤む。けれどゼイン様が、そんな私の失言を聞き流してくれるはずもなかった。

私が泣いていたことには、一切気付いていなかったらしい。

ゼイン様はほんの一瞬、切れ長の目を見開いたけれど、やがて唇で綺麗な弧を描いた。

「どうして君があの日、あの場所で泣く必要があったんだ？」

「……そ、それは」

もちろん、その理由は分かっている。けれどゼイン様にだけは悟られてはならない。

「ゼ、ゼイン様には、関係ありません！」

いくら考えても良い言い訳なんて思いつかず、突き放すようにそう言うと、ゼイン様はふっと口角を上げた。

「泣くほど俺のことが好きなのに？」

「……っ」

私の心の中を見透かしたように笑うゼイン様に、心臓がどきりと大きく跳ねる。

否定しなくてはと思っても、言葉が出てこない。

「ち、ちが……」

「違わない。俺が君以外の女性を好いていると思い込んで、口付けて抱きしめているように見えたから泣いたんだろう」

「そ、そうじゃ、なくて」

もう私の気持ちはとっくにバレているのだろう。それでも、認めたら終わりだ。そうなればきっと私は、グレース・センツベリーとして頑張れなくなってしまう気がした。

それでも自分の気持ちに嘘はつけなくて、つきたくなくて視界がぼやけていく。

「グレース」

溶け出しそうな蜂蜜色の瞳に見つめられ、ひどく優しい声で名前を呼ばれて、我慢できないくらいに心の中が「好き」で溢れていく。

「……っ……う、……」

もう気持ちを抑えることなんてできそうになく、嬉しさや不安、色々な気持ちでいっぱいになって、涙が止まらなくなってしまう。

温かくて大好きなゼイン様の手をぎゅっと握ると、まるで「大丈夫だ」と言うみたいに、そっと握り返してくれる。

「──わ、私と一緒にいると……この先、よくないことがたくさん、起きるんです……」

ゼイン様からすれば訳の分からない話のはずなのに、まっすぐ私を見つめ、子どもをあやすような優しい声で相槌を打ってくれていた。

「周りのみんなも、私も、危ない目に遭うかもしれなくて……だ、だから、これまで別れようと、していたんです」

泣き止もうとしても涙は余計に溢れてくるばかりで、そんな私の目元をゼイン様はもう片方の手でそっと拭ってくれる。

「それに、っゼイン様は、私じゃない、他の女の人と……幸せになる、はずで……」

その優しい手つきも「ああ」という相槌も、私にだけ見せる優しい表情も、何もかもが大好きで嬉しくて、気が付けば私は子どもみたいに声を上げて泣いていた。

「ぜんぶ守りたくて、頑張って、たのに……それなのに、こんな風にされたら、」

「……ああ」

「っゼイン様を、あきらめて、あげられなくなります……」

こうして伝えたことに、もう後悔はなかった。これが私の今の、ありのままの正直な気持ちだったから。

こんなにも大好きで私を想ってくれる人の手を、もう離したくはないと強く思う。

「優しい君はずっと、そんなことを考えていたんだな」

「うっ……ひっく……」

「ありがとう」

嬉しくて愛しくて、安堵して、初めて大きな背中に自ら手を伸ばしてみる。

すると背中に回されていた腕に力が込められ、私達の間にはわずかな隙間もなくなった。

「だが、俺にとっての幸福は俺が決めるよ」

そんな言葉に、どうしようもなく心が軽くなっていくのを感じていた。

『君の側に居られることが、俺にとって最大の幸福だ』

小説で一番好きだったシャーロットへのゼイン様のセリフが、いつも心のどこかで私を縛り付けていた。私にとって、それがゼイン様の幸せだと定義づけるものだったから。

「それに俺は君となら、どんな結末だって受け入れられる」

「……っ」

――ずっとずっと、我慢していた。端役の私にはあまりにも眩しくて遠くて、手を伸ばしてはいけない人だと思っていたのに。

きっと出会った瞬間にはもう、心惹かれていた。

「……すき、です」

声が、震える。生まれて初めての、心からの告白だった。

「ゼイン様のことが、大好きです……ずっと、好きで――っ」

そこまで言いかけたところで、後頭部を掴まれたかと思うと、視界がぶれた。言いかけた言葉が、それ以上紡がれることはない。

ゼイン様によって、唇を塞がれていたからだ。

手や頬にキスをされたことはあったけれど、唇は初めてで頭が真っ白になる。

「んっ……」

角度を変えてだんだんと深くなっていくキスに、私はされるがまま。

息継ぎの仕方すら分からず苦しくなったところで、ようやく解放された。短く息をしながら顔を上げれば、至近距離で溶け出しそうな蜂蜜色の瞳と視線が絡む。

ゼイン様は涙の滲む私の目元を指先でそっと拭うと、柔らかく微笑んだ。

「俺も君が好きだよ。本当に好きだ」

嬉しくて幸せで、もう泣くことしかできない私に、ゼイン様は「愛してる」なんて言うものだから、いつまでも涙は止まることはなかった。

散々大泣きした後、私はいつの間にか眠ってしまったらしい。

翌朝、お医者様に改めて診察をしてもらい何の問題もないと告げられた後は、侯爵邸から転送されてきた手紙を読んだ。

お父様からの心配がびっしり綴られたものや、ヤナとハニワちゃんからのものもあり、食堂も問題なく営業してくれているようで安心する。手紙の最後には可愛らしいハニワちゃんの指印らしいものがあって、思わず笑みがこぼれた。

届いた手紙の中には、ランハートからのものもある。

「……本当に、優しいんだから」

そこには私の体調を心配する言葉だけでなく、先日途中で帰ってしまったことも気にしなくていい、私の望み通りの結果になることを祈っていると綴られていた。

きっと私に罪悪感を抱かせないようにしてくれたのだろう。ランハートはどこまでも格好よくて優しくて、視界がぼやける。

私はすぐに心からの感謝の返事を認め、送ってもらった。彼にはまだまだ恩を返せていないし、この先、何かお礼ができたらと思っている。

その後は身支度をきちんと整え、マリアベルと会って話をした。

「ほ、本当に、本当に、よかったです……！」

「たくさん心配をかけてごめんね。それと、ありがとう」

流石に経緯までは説明できなかったけれど、私とゼイン様の関係がこれまで通りに戻ったことを、マリアベルは泣きながら喜んでくれた。

私にとっては本当にかわいくて大好きな、妹のような存在だ。

「お姉様、大好きです」

「ええ、私もマリアベルが大好きよ」

これからは今までの分も、たくさん一緒に過ごそうと約束した。


昼食を終えた頃、エヴァンがウィンズレット公爵邸へやってきた。

「ほ、本当にごめんなさい……」

そして私は今現在、腕を組みこちらを見下ろすエヴァンを前に、正座している。

初めてこんなにも怒っているエヴァンを見た私は、冷や汗が止まらなくなっていた。

「お、怒ってる……？」

「当たり前でしょう。あの場面で命令という言葉を使うのは反則です。ああ言われてしまえば俺はもう、何もできなくなるんですから。二度とあんなことはしないでください」

「……分かったわ、本当にごめんなさい。それと、本当にありがとう」

「どういたしまして」

もしも私があの時、逆の立場だったなら、とても辛くてやるせない気持ちになっていたに違いない。仕方なかったことではあるものの、彼が怒るのも当然だった。

やがてエヴァンは目線を合わせるように目の前に跪くと、私をまっすぐに見つめた。

「俺はお嬢様を守るために、お傍にいるんですよ」

「エヴァン……」

何よりも心強くて優しい言葉に、胸を打たれる。いつも私を守ってくれるエヴァンに、もうこんな心配をかけないようにしようと深く反省した。

それからエヴァンは「実は」と言うと、絵柄が可愛らしい一通の封筒を取り出した。

「文句はついでで、こちらが訪ねてきた一番の理由です」

ランハート達からの手紙を転送した後にこの手紙が届き、すぐに私に見せた方が良いだろうと思い、わざわざ来てくれたらしい。

そんなにも急ぎの手紙なのかと首を傾げながら受け取り、何気なく差出人の名前を見た私は息を呑んだ。

「シャーロット・クライヴ……？」

どくんと心臓が嫌な大きな音を立てていくのを感じながら、ゆっくり手紙を開封する。

中身はクライヴ子爵邸でのお茶会の招待状で、なぜ私にと余計に困惑してしまう。シャーロットとはほとんど関わりもないし、小説でこんな展開はなかったからだ。

エヴァンが帰った後もシャーロットや招待状のことが頭から離れず、私はどうすべきなのかと悩み続けていた。

「どうしよう……」

「何がどうしよう、なんだ？」

「ひゃっ！」

思い悩みすぎていたせいか大森林での討伐の後始末に出掛けていたゼイン様が帰宅したことに気付かず、突然耳元で甘い声がして、悲鳴が漏れる。

「お、おかえりなさい！」

「ああ、ただいま」

ただでさえ心臓が早鐘を打っているというのに、ゼイン様はコートを脱ぎながら「新婚みたいだな」なんて言うものだから、余計にドキドキしてしまう。

ゼイン様はソファに座っていた私のぴったり隣に腰を下ろすと、小さく息を吐いた。

「やはり君が魔道具を壊してくれたお蔭で、魔物が増えることはなくなっていた。今は残った魔物を騎士団が討伐している」

怪我人は出てしまったものの、なんとか事件は収束したらしい。あれ以上、魔物が増えては死人も出ていただろうとのことだった。

思わず「良かった」と呟けば「良くない」と叱られてしまう。

『なぜ君はあの時、あの場所にいたんだ？　なぜあの魔道具が原因だと分かった？』

『それは、その……』

目が覚めた後、そんな当然の質問もされたけれど、私が答えられずにいると「言えないのならいい。だが二度と、あんな危険なことはしないでくれ」と言われただけだった。

――それにしても、私を救ってくれたあの光は何だったんだろう。主人公であるゼイン様のおこぼれで、端役の私が奇跡的に救われたのだろうか。

危機一髪だったとあの日を思い返しながら、私は今もまた新たな危機に直面していた。

「あの、やけに近いと思うんですが」

「気のせいじゃないか」

「絶対にそんなことはないと思います」

いつの間にか彼の腕は私の腰にしっかりと回され、お互いの身体は密着していた。

それでいてゼイン様のそれはもう美しいお顔は私の耳元にあって、先程から心臓がうるさくて仕方ない。

あんな号泣告白をした後で顔を合わせるだけでも恥ずかしいというのに、こんな体勢では正直、話をするどころではなかった。

「俺がこの三ヶ月間、どれほど我慢していたと思ってる？　しかも君は俺というものがありながら、ランハート・ガードナーと二人で出掛けていたんだろう？　本当に悪い女だな」

「そ、それはですね……本当にごめんなさい……」

ゼイン様は笑顔ではあるものの、とてつもない圧を感じ、私は謝ることしかできない。

慌てて話題を変えようと、すぐに再び口を開く。

「あの、シャーロットとのことは分かりましたが、どうして距離を置いてくれたんですか？」

「……ああ」

私の肩に軽く頭を預けると、ゼイン様は続けた。

「実は君の経営する食堂に行ったんだ」

「はい？」

信じられない言葉に、自分の耳を疑ってしまう。私が出勤している日以外でも、ゼイン様のような貴族が来たなんて報告、一度も受けていない。

　そもそも食堂をやるという話だって、私はゼイン様にしたことがなかったはず。

　とは言え、逃げてもすぐに見つけて追いかけてくるほどの情報網があれば、それくらい簡単にバレてしまうのだろうと納得してしまう。

「い、いつですか？」

「プレオープンの日に」

「えっ？　だって、その日は私も働いていて……」

「ああ。君と話をした」

「いえ、していないです」

「した」

　ゼイン様は断言しているけれど、もちろんそんな記憶はない。

　妙な冗談だろうかと困惑する私に、ゼイン様は続ける。

「アルフレッドと一緒に行ったんだ。覚えていないか？」

「アルフ……？　誰ですか？」

「君も親しげにアルと呼んでいただろう」

「えっ、アルってそんな名前だったんですか!?」

　それなりに彼との付き合いは長くなってきたけれど、アルはアルだし、自分のことを話したがらないため、それ以上聞いたことがなかったのだ。

　話を聞くと、ゼイン様はなんとわざわざ陛下に借りた貴重な魔道具で別人になり、私の働く姿と店の様子を見にきたのだという。

「でも、二人が知り合いだなんて全く気付かな、かっ……」

　そして私はようやく、大変なことに気が付いてしまった。

　これまでアルをただのグレースのファンだと思っていたし、普通に屋敷に迎え入れてお茶をしては、何でも目の前でぺらぺら話していたことを思い出す。

　点と点が線で繋がっていくような感覚がして、同時にさっと血の気が引いていく。

「ま、まさか……これまで全部、アルから、聞いて……」

「君は警戒心がなさすぎる。アルフレッドを使っていた俺が言うのも何だが、よく知らない相手を招き入れて何でも話すなんてあまりにも危険だ」

「あの、使うっていうのは……？」

「彼は俺の雇っていた諜報員だ。本当に気が付いていなかったんだな」

「ちょうほういん」

　なんとアルはああ見えて、元々他国の王家にも仕えていた優秀な諜報員らしい。彼を見つけたエヴァンがすごいだけで、本来は見つかるなんてあり得ないという。

　彼の属する組織では相当上の立場らしく、あの偉そうな態度も理解できてしまう。

「ぜ、全部……筒抜け……」

　とにかくこれまでの色々がゼイン様に伝わってしまっていることを思うと、その場に倒れ込んでしまいそうだった。けれど、納得もしていた。

「浮気現場に遭遇しても怒らなかったのは、最初からフリだと知っていたからですか？」

「ああ。それでもいざ目の当たりにすると腹が立ったが」

「わ、私がいくら逃げても、行き先がバレていたのは……」

「最初から行き先が分かっていたからだ。三度目の時にはアルフレッドだけでなく複数人を雇ったし、途中からは君が乗り換えそうな馬車を全て先に買収した」

「…………」

　もう、本当にゼイン様に敵う気がしなかった。これまでの私の努力はただの空回りでしかなかったのだ。お金も全て無駄だった。

　そしてゼイン様は私が思っていた以上に、なんというか、私が好きだと思う。

「とにかく君の行動には全て理由があるはずだと思っていたし、食堂での姿を見て話を聞いて余計にそう考えたからこそ、君の提案を受け入れたんだ」

　ゼイン様がそこまで私を信じてくれていることに胸を打たれつつ、やはり納得していた。

『俺は君を見つけるのが得意だから』

『……君は、本当にすごいな』

『君の夢がこれからも上手くいくよう、祈っているよ』

初対面のはずなのに一緒にいて居心地が良かったのも、落ち着くのも、ゼイン様だったからだということ、そしてすんなり受け入れてくれた理由も。

「あと、他に聞きたいことは？」

「ええと……」

数えきれないくらいあるはずなのに、いざとなると出てこない。

そうして悩み口籠もっていると、不意にゼイン様は私の顎に手を添えた。そしてそのまま彼の方を向かされ、顔と顔が一気に近づく。

「な、なにを……？」

「恋人同士が触れ合うのに、理由が必要か？」

余裕たっぷりな笑みを浮かべると、ゼイン様は私の頬に軽くキスを落とした。それだけで顔が熱くなり「ひゃっ」という声が漏れ、くすりと笑われる。

「かわいい。好きだよ」

あまりにも何もかもが甘くて、全身が火照っていく。

「ずっと君に会いたくて、触れたくて仕方なかった」

まるで存在を確かめるように、頬や首、手に触れられる。

私はもう指先まで火照って落ち着かなくて、ゼイン様の顔を見られなくなっていた。

「そ、それにしたって前よりも近いし、いつものゼイン様らしくないというか……」

「君が好きだと言ってくれて、浮かれてるんだ」

そんな言葉が嬉しいと思うのと同時に、ぎゅっと胸が締め付けられる。

——これほど喜んでくれているゼイン様は私が突き放してしまっていた間、どれほど傷付いたのだろう。

もしも私が今ゼイン様に別れようと言われたり逃げられたりしたら、辛くて悲しくて立ち直れないかもしれない。

それでも私の気持ちを大切にしてくれていた彼を、改めて好きだと実感する。これからはその分もたくさん気持ちを伝えていこうと思いながら、柔らかな銀髪をそっと撫でた。

「……本当に、すごくすごく好きです」

すると、ゼイン様の金色の瞳が驚いたように見開かれる。予想外の反応に少しの戸惑いを覚えていると、ゼイン様は私の首筋に顔を埋め「ありがとう」「嬉しい」と呟いた。

いつも大人びているゼイン様らしくなくて、たった一言だけで大好きな人がこんなにも喜んでくれるのに、今まで伝えられなかったのが悔やまれた。

「これからは絶対に、逃げたりしませんから」

もう終わりにするつもりだ。ゼイン様との追いかけっこも、『運命の騎士と聖なる乙女』という物語の舞台装置としての役割も。

これから先、私達にはまだまだ問題が山積みで、不安がないと言えば嘘になる。それでも今は自分自身の幸せのために、もがいていこうという決意も勇気もあった。

「グレース」

「はい——んっ」

名前を呼ばれ顔を上げると、そのまま唇を塞がれる。

啄むような軽いキスが繰り返された後、大好きな体温と香りに包まれた。

「……本当に、幸せだ」

心からの言葉にまた視界が滲み、胸がいっぱいになる。

大好きなゼイン様に幸せになってほしいという一番の願いは、ずっと変わっていない。

この先どんな困難が待ち受けていたとしても、大好きなゼイン様と一緒なら大丈夫だという自信だって、今はある。

「はい。私もです」

私の言葉に対し嬉しそうに微笑んだゼイン様が、何よりも大切で愛しいと思う。

再び近づいてくる彼の唇を受け入れながら、私はこれ以上ない幸せを噛み締めていた。

END

あとがき

こんにちは、琴子と申します。この度は「破局予定の悪女のはずが、冷徹公爵様が別れてくれません！」二巻をお手に取ってくださり、ありがとうございます。

一巻ではグレースとゼインの恋がこれから始まる……!? というところで終わりだったので二巻が出せなかったらどうしようと頭を抱え、震え、胃痛に悩まされておりました。ですが、皆さまの応援のお蔭で重版、そして続刊することができ、命が救われました。本当に本当にありがとうございます！

一巻ではゼインに好かれようとアタックしていたグレースが、二巻ではとにかく逃げて逃げまくるというお話でしたが、書いていて本当に楽しかったです。また、想像以上にランハートが良い男になってしまい、苦しみました。ハニワちゃんも想像以上にかわいい存在になってしまいました。

エヴァンも想像以上におもしれー男になってくれて、ありがたいです。

ちなみに一巻のあとがきでゼインを正統派ヒーローと書いたところ、各所から「本気で言ってます？」「冗談ですよね？」というお声を多数いただきました。
どうやら日頃ヤンデレを書きすぎているあまり、世の中の普通と私の普通の基準がズレつつあるようです。ゼインは正統派ヒーローです。

今回もイラストを担当してくださった宛先生、本当にありがとうございます。全部好きです。とにかく好きです。このためにここまで来たと言っても過言ではありません。
最高に麗しい二人にまた会えて、寿命が延びました。大好きです！（大声）
また、今回はすごく悩み担当編集さまにかなり頼ってしまったのですが、いただいたアドバイスはもはや神の啓示でした。驚くほど道が開けました。ありがとうございます。
本作の制作・販売に携わってくださった全ての方にも、感謝申し上げます。

とても素晴らしいコミックス一巻も発売されております！　全てのシーンが美しくときめきマシマシで読める超贅沢漫画なので、ぜひお迎えしていただきたいです。
最後になりますが、「破局悪女」を応援してくださった皆さま、ここまで読んでくださった皆さま、本当にありがとうございます。

グレースとゼインのお話をまだまだ紡いでいきたいと思っていますので、再びお会いできることを心より願っております。

琴子

■ご意見、ご感想をお寄せください。
《ファンレターの宛先》
〒102-8177 東京都千代田区富士見 2-13-3
株式会社KADOKAWA ビーズログ文庫編集部
琴子 先生・宛 先生

●お問い合わせ
https://www.kadokawa.co.jp/（「お問い合わせ」へお進みください）
※内容によっては、お答えできない場合があります。
※サポートは日本国内のみとさせていただきます。
※Japanese text only

破局予定の悪女のはずが、冷徹公爵様が別れてくれません！2

琴子

2023年5月15日 初版発行

発行者 山下直久
発行 株式会社 KADOKAWA
〒102-8177 東京都千代田区富士見 2-13-3
（ナビダイヤル）0570-002-301
デザイン 島田絵里子
印刷所 凸版印刷株式会社
製本所 凸版印刷株式会社

ISBN978-4-04-737491-1 C0193

定価はカバーに表示してあります。
◇◇◇